나의 시월

나의 경주

나의 시월은 우리 집 이름입니다.

나의 시월에서 DEAR YOU 그림을 그리고 작품집을 내고 나의 경주를 썼습니다.

색색이 피어있는 달리아, 백일홍은 겨울까지도 피어나고 있어 신기합니다. 호미를 가지러 갈 사이도 없이 텃밭의 풀을 뽑다가 그만 붓을 들지도 못하는 날이 수두룩합니다.

이런 날에는 이러려고 시골로 작업실을 옮겼나 하는 화가로서의 직무 유기 같은 자책은 하지만, 곧바로 대지예술을 하고 있다고 스스로 위로합니다.

다시 도시로 가고 싶은 생각은 조금도 없습니다. 나의 어머니처럼 흙 냄새를 좋아하게 되었기 때문입니다.

정갈한 가르마 같고 콩고물 같던 어머니의 밭은 발 벗고도 못 따라갈, 내가 본 최고의 작품이었습니다.

몽구는 언제나 나의 발치에 있고 이곳에서 나는 자주 감탄합니다. 자연에는 감탄할 일들이 너무 많습니다.

겨울에는 눈 쌓이는 소리를 들을 수 있고, 허공 푸른 빛깔에 마음 적실 수도 있습니다.

영하의 날씨지만 벌써부터 마음이 설레고 바쁩니다.

올해는 더 많은 꽃씨를 심고 나무도 심을 계획이고 집 어디쯤에 사과나무를 심을지도 생각해야 하고, 피어나는 시기가 다른 나무가 무엇인지 검색도 해봐야 하니까요.
　씨앗을 준비하는 이 시간이 너무 행복합니다.

　대화할 사람은 없어도 내 말을 들어주는 것들은 참 많습니다.
　몽구집 앞 자두나무는 몽구가 아픈지 추운지를 내게 알려주고 채리나무는 계절이 오고 감을 알려줍니다.
　소나무는 내 푸념에 따라 더 푸르기도 하고 잎을 떨구기도 합니다.

　경주는 내가 사랑하는 사람이 태어나고 다시 돌아간 곳입니다.
　신라 사람과 경주 사람은 모두 이 땅의 흙이 되고 바람 되어 우리 곁을 스칩니다. 나는 경주를 아프게 사랑하고 경주에서 부는 바람까지 사랑스럽게 보듬습니다.
　올해는 진현동 할머니들에게 그림을 가르치는 시간도 만들었습니다. 괘릉댁, 내남댁, 강동댁.... 할머니들의 옛 얘기를 듣는 것이 경주 역사책 한 권을 읽는 거보다 더 가슴 벅찹니다.

　"있는 나무도 새 비꾸마는."
　"묵지도 못하는 거 그래 심어가 뭐할라 카노, 밭이나 붙여 묵지."
　"베루빡에 황칠은 와 저래 해삿능공?"

　지나는 할머니들의 말소리가 대문 안으로 따뜻이 날아듭니다.

토함산의 초가을 하늘은 하얀 구름의 붓질도 여유롭다.

세상의 모든 번뇌와 죄를 씻고서야 갈 수 있다는 부처의 나라 곁에 깃든 지 3년.

경주에는 나무 한 그루에도 역사가 있고 낮은 돌담 너머에도 전설이 있고, 눈길 발길 닿는 데마다 머무는 곳마다 아프도록 깊은 정념이 묻어 있다. 경주는 눈에 본 것이 하나라면 그 깊이는 100이 넘는다고 하지 않는가?

경주는 돌에도 피가 돈다고 한다.

딱히 어딜 꼬집어 가지 않아도 이곳저곳 기웃거리다 보면 신라인들과 호흡을 같이하고 있을 것이다.

볼 것이 많았고 봐야 할 것들이 자꾸 생겨나고 숨은그림 찾듯 경주의 속살을 알고 나면 누구나 경주에 살고 싶어진다.

내가 그랬다. 경주로 이사 오고부터는 여행을 가지 않는다. 대한민국 어딜 가 봐도 경주만 한 곳이 없다. 주말이면 스케치를 한다는 명목으로 온 데로 다니며 마음 헤프게 감동했던 곳들을 이젠 더 이상 찾지 않는다.

경주에 살다 보면 그렇게 된다.

경주의 천적은 없었다.

고분들을 보면 나는 외람되게도 설치미술 작품 같다. 눈만 돌리면 보이는 기와집, 자연과 어우러진 자연스럽고 세련되고 우아한 곡선에 안도다다오도 한 수 배우고 갈 것이다.

"난 50 넘으면 경주에 가서 살 거야."

주문처럼 외웠다.

아무 계획도 없으면서 막연히 그렇게 말해왔더니 진짜로 말처럼 되었다.

말이 씨가 되었던 것이다.

그래서 나는 자주 사람들에게 얘기한다. 소망하는 게 있으면 자꾸 말하라고. 그러면 어느새 그 말대로 움직이고 있다고. 1%의 가능성도 없었던 것이 어느 날 그곳에 도달해 있다고.

첫사랑과 마지막 사랑 내 모든 사랑이 있는 이곳 경주에서 내 인생 소중한 것을 잃고 소중한 것을 얻었다. 이런 경주를 아마도 죽을 때까지 떠나지 못할 것 같다.

이곳은 내 치맛자락을 붙잡는 것들이 너무나 많다.

왕릉에 가서
신랑 왕의 발치에 누워보라.
없는 비밀도 만들어 내어 고백하고 싶어진다.
가슴 깊은 곳 말라버린 얘기도 꺼내어
전설 한 자락에 붙여 털어놓게 된다.

차 례

- 프롤로그   10
- 석굴암   12
- 불국사   14
- 대릉원   16
- 월지   20
- 첨성대   22
- 계림   24
- 월성   26
- 월정교   28
- 교촌마을   30
- 경주국립박물관   32
- 경주박물관(천년의 미소, 성덕대왕신종, 고선사지 삼층석탑)   33
- 경주박물관(신라 토우)   37
- 황룡사지   39

- 분황사 · 42
- 기림사 · 44
- 골굴사 · 46
- 봉황대 · 47
- 괘릉 · 49
- 포석정 · 51
- 신화의 산, 선도산(서악동 고군분) · · · · · · · 53
- 김유신 장군 묘 · · · · · · · · · · · · · · · · · · · 55
- 삼릉 · 57
- 남산(용장사지) · · · · · · · · · · · · · · · · · · · 59
- 남산(배동) · 61
- 문무대왕릉 · 63
- 이견대 · 65

- 감은사지   67
- 경북천년숲정원   69
- 통일전, 은행나무길, 서출지   71
- 보문단지   75
- 경주 남산 탑곡마애불상군, 경주 할매부처   79
- 진평왕릉   81
- 선덕여왕릉   83
- 장항사지   84
- 나원리 오층석탑(백탑)   86
- 굴불사지 사면석불, 백률사   89
- 남산(삼릉계)   92
- 칠불암, 신선암   96
- 경주 읍천항 주상절리   99
- 신라 금관   101

- 천마도   102
- 석조미륵삼존불(삼화 애기부처)   106
- 정혜사지 십삼층석탑   107
- 양동마을   110
- 황리단길   112
- 금장대   115
- 윤을곡 마애불좌상, 포석정 마애여래좌상   117
- 오릉   118
- 헌강왕릉, 정강왕릉   120
- 무장사지   123
- 보문정   126

나의 시월   **128**

▶▶ 프롤로그

여행 가방을 현관에 툭 던지며 하는 말.
"우리나라가 최고야. 집이 최고야."

경주는 집이다.
먼 길 떠났다가도 마침내는 돌아오는, 우리들의 집 같은 곳이다.
경주의 품속으로 파고들면 어머니의 가슴처럼 따뜻하다.
경주에는 신라인들의 정념이 가장 많이 서린 남산도 있고, 궁금한 스토리를 잔뜩 머금은 낭산도 있고, 왕들의 숨소리와 신라인들의 그릇 부딪치는 소리까지 들릴 듯한 왕릉들이 있다.
빌딩보다는 왕릉과 고분들로 무덤이 즐비한 경주만의 풍경이 있고, 나는 그것들에서 매료되어 경주 사람으로 살길 택했다.

이 책에서 나는 신라인 그들과 함께 토우을 빚고 바위에 그림을 새기면서 그들의 정념과 염원이 내 전신에 옮아오는 느낌을 글로 쓰고 그림으로 그린다.
신라인 그들의 삶으로 온전히 들어가 보기도 하고 신라로 봄 소풍도 가보다가 뜬금없이 월정교에서 유년 시절을 소환하는가 하면, 월성에서 첫사랑 생각에 빠져 허튼소리를 하기도 하고 박물관에서 천년의 미소를 만나 같이 미소를 짓기도 한다.

좋은 책은 읽었던 책을 다시 꺼내 읽듯이, 경주를 다시 보고 또다시 봐도 좋다.

재밌게 읽었던 책도 몇 년 지나서 다시 보면 그때 못 느꼈던 느낌을 새롭게 받듯이 경주는 한 페이지 한 페이지를 넘길 때마다 새롭다.

나는 오래 경주를 봤고 그래도 경주 속살을 알지 못했고 앞으로 더 오래 볼 것이다. 아끼는 내 평생의 책처럼.

경주의 위대한 문화재를 소개하거나 설명해 주는 책이 못 되어 독자들에게 미안한 감이 있다. 경주에는 수많은 문화재를 진심 아끼고 사랑하는 문화해설사들이 곳곳에 계시고, 굳이 찾지 않아도 우리 역사를 아끼는 역사 전문가들의 책이 널려 있을 것이다. 경주를 사랑하는 유튜브도 즐비하니 부디 그들의 지혜와 지식을 훔쳐보기 바란다.

봄비는 꼭 혼자 오지 않는다.
사랑이나 외로움, 그리움
이딴 것들을 데리고 다닌다.
봄비는 기다릴 것이 못 된다.

ᵽᵽ 석굴암

오늘 나는
꽃무늬 원피스가 필요했다

못 본 듯이 안 본 듯이
머리만 꾸벅하고 지나갈 참이었다

처음 본 거도 아닌데
어림없었다

신라인들의 간절한 염원은
헤라클라스를 금강역사로 변신시켰다

금강역사의 근육질 팔다리는
보기만 했는데도 만져본 느낌이다

나는 오래도록 금강역사와
아가페적 사랑을 나누었다

석굴암 가는 길은 그냥 길이 아니다.
걸어보라.
누구에게나 마음의 길이 된다.

'경주'하면 불국사, 석굴암이지. 석굴암 가는 길에 반해 몇 번이나 그 길을 걸었다. 그때마다 네모로 접어 편지에 넣어 보내고 싶은 하늘이 따라다녔다. 내 맘 감성 길 1번지에 올려놓는다.

사람들 길에서 예사로 놀고 있는 다람쥐와는 인사를 텄고 나뭇잎 하나하나와 눈 맞추며 내려오다 보면 관광객들의 사소한 잡담 소리도 들린다. 10초 만에 석굴암 본존불을 다 보고 나왔다며 유럽 성당과 비교하는 얘기들을 듣다 보면 서운하고 야속하기까지 하고 신라인들에게 죄스러운 맘까지 든다.

23년을 꼬박 밤낮으로 쪼아내고 깎아낸 석굴암은 로마로부터 600년을 뛰어넘어 무려 1만km를 넘는 거리로 달려와 석굴암에 이르러 신라인들의 열정과 정념으로 절정의 미학을 꽃피웠던 것이 아닌가.
로마인들이 추앙했던 판테네온의 초현실적인 우주가 경주에 다다라 신라인들이 꿈꾸던 부처님 세계로 완벽하게 구현되었던 것이다.

수백 개의 화강암을 조립하여 만든 석굴, 그 공간에 들어서게 되면 누구나 두 손을 합장하고 본존불을 응시하게 된다. 1,200년 시간과 조우하는 순간이다. 보아도 보아도 과학적으로 미술적으로 사상적으로든 문화적 요소의 끝판왕이다. 조각가의 수만 번 쪼아댔을 정 소리가, 그 억겁의 시간이 절정의 미학을 꽃피웠던 게다.

𝗉𝗉 불국사

저녁 무렵이면
불국사의 종소리는 진현동 사람들의
마음으로 날아든다.
매일 매일 마음이 닦아지는 시간이다.

해가 서산에 걸리기 시작했다.

입구에 있는 힘센 네 남자의 허락을 받고 그때쯤 불국사에 가보면 불국사의 고요가 그야말로 절간 같다.

관음전 뒷마당으로 간다. 요즘 사람들은 불멍 물멍 하던데 그렇게 치면 '마당멍'을 한다. 불국사 관음전 뒤뜰 쪽담에 앉아서 정갈하게 비질 된 뒷마당을 바라보고 있으면 정말 기분이 좋아진다. 잠결에 들리던 아버지의 비질 소리가 들려오는 듯하다.

아버지의 마당 쓰는 소리에 잠이 깨면 언니들 일어나기 전에 얼렁 감꽃을 먼저 주우라고 막내딸을 배려하시던 아버지, 무명실을 챙겨 들고 언니들이 깰까 조심스레 나와서 아버지가 대문까지 쓸어 나오시기 전에 바쁘게 감꽃을 주워 실에 꿰던 내 소녀적 모습도 보인다. 감꽃 목걸이를 길게 만든 날은 하루 종일 방실방실 웃고 다녔다.

사선 방향으로 일정하게 비질 된 마당에 소녀의 작은 발자국이 눈 위의 발자국처럼 선명하다.

불국사에 가면 나는 청운교 앞 소나무 그늘에 앉아 있는다. 거기 있으면 저절로 불국사에 함께 왔었던 사람들이 소환된다.

걷지도 못하시던 86세의 어머니가 108배 하던 뒷모습이 그려진다. 분홍색 옷을 입은 어머니가 탄 휠체어를 밀고 오시던 둘째 형부와 빨간 점퍼의 언니도 선하다.

추억이 있는 사람, 지금도 여전히 추억을 남기는 사람들을 물끄러미 바라본다.

나뭇잎이 내 어깨에 툭 떨어졌다. 나뭇잎에 눌린 만큼 어깨가 내려앉는다.

날은 다 저물었고 다음은 내가 저물 차례다. 돌아오는 길엔 빈 들판에 수만 마리 까마귀 떼가 한꺼번에 새까맣게 쏟아졌고 하늘엔 달빛 찼고 빈 내가 웅크렸다. 춥다.

신라인들의 주문처럼 우리 어머니의 유일한 노래처럼 '나무 관세음보살, 관세음보살....'

무려 천 년이나 한나라의 수도 역할을 한 경주. 한 시대의 역사를 오롯이 느낄 수 있는 곳. 다른 사찰에서는 한 개도 있기 힘든 국보와 보물이 불국사에는 11개나 있다. 이곳에서 국보와 보물찾기 놀이를 해보는 것도 의미 있을 거 같다. 미술적 관점으로 보면 밀접 대립 구도, 미적 균형감, 남성적, 여성적 깨달음의 세계와 현실의 세계가 체계적이고 조화롭게 배치되어 있다. 서양에도 로마에도 없다는 팔뚝돌(돌못)은 세상에 없는 신라인들의 창작품이다. 현대적 구조로는 엥커링의 역할이다. 신라인들이 만든 돔형 석굴과 로마의 판테네온 신전과 비교도 해보자.

불국사가 견뎌낸 세월은 경내의 돌 축대에 불탄 흔적으로도 알 수 있었다. 다보탑의 4마리의 돌사자 중 세 마리는 일본으로 가져가고 한 마리만 쓸쓸하다.

석가탑은 도굴꾼에 의해 훼손되어 복원하다 2층 탑신의 상면 중앙에서 사리를 비롯한 사리 용기와 각종 장엄구 및 '무구정광대다라니경'이 발견되었다.

⁽⁽ 대릉원

> 왕릉 길 따라 걸신들린 듯 걷다가
> 나는 치사량의 별을 주워 돌아왔네

대릉원의 사소한 걱정.

바람이 쓸고 간 벤치에 햇살이 먼저 와 앉았다.
대형 고분의 아름다운 능선에도 스리슬쩍 내린다.
햇빛 조명 더해지니 곡선은 더욱 매혹적이다.
이것이 신라인들이 만든 대지예술이지 않은가!
그 뒤로 붉게 물든 노을이 절경이 되도록 거든다.

몇 해째 가을은 나보다 먼저 저물었다.
새들 돌아가고 사람 또한 드물다가 사라져 가고,
나는 외로이 서리 내리듯 마냥 서 있다.
해가 하늘에 더 오래 걸려 있기를 바랐다.
세상 급한 오후 햇살은
텅 빈 마음속에 연민의 정 일으키고
아주 높고 먼 산 뒤로 금세 넘어가 버렸다.

지천이던 가을 햇살은 겹쌓인 그 무게를 견디지 못하고.
가을 저무는 어느 나무 아래를 지날 무렵에는
겨울 어귀가 보이는 것 같았다.

더 빠르게 걸어야 했다.
왕릉 길 따라 걸신들린 듯 걷다가
나는 치사량의 별을 주워 돌아왔다.

대릉원 포토존 줄이 길기도 하다.
"그냥 아름답다."
예쁜 거 좋은 거 다 보고 다니는 요즘 사람들이 산도 아니고 무덤 앞에
서 이렇게 사진을 찍어대는 이유이다.
바람이 그 무엇을 위하여 나뭇잎을 스치고 지나는 것이 아니듯이 경주
에서는 그냥 바람이 걸어가는 길 따라 걷다 보면 고분들을 만난다. 시내
한가운데서도 만나고 산을 오르다가도 만나고 차창 밖으로 우연히 시선
에 잡히고, 친구 집에 가다가도 만나고 시장 가다가도 만나진다.

그중에 대릉원은 고분들 동네 중 젤 큰 동네이다.

고분 중에 가장 큰 황남대총이 여기 있고, 대릉원 이전 이름인 미추왕릉도 있고, 또 천마총은 신라 시대 고분 모델하우스 역할을 하여 사람들이 쉴 새 없다.

23기의 능만 아니라 세월 따라 없어져 버린 더 많은 고분들을 마음으로 보고 대릉원 돌담길엔 지난봄 흩날리던 벚꽃잎 수만큼 와자하던 사람들도 그려 넣는다.

천마총 입구

황남고분군쌍둥이나무

대릉원은 삼국사기에 미추왕을 '대릉'에 장사 지냈다는 기록이 있어 대릉원이라 부르며 경주 시내에 자리 잡은 것은 그 당시 신라 사람들은 삶과 죽음을 별개의 세상으로 보지 않고 죽음은 곧 삶의 연장일 뿐이라고 생각했기 때문에 산자의 주거 공간 속에 자리 잡는 것이 당연시되었겠다. 무덤의 형태도 우주의 축소판 모습을 하고 있다. 하늘은 둥글고 땅은 네모지다를 반영하여 둥근 봉분을 만들고 봉분 안에도 사람이 사는 것처럼 집을 축소하여 만들기도 했다.

미추왕은 김 씨로서 최초로 왕에 오른 분이며 무덤 앞에는 혼유석이 있는데 영혼이 답답한 무덤에서 나와 편히 쉬게 하기 위하여 설치한 것이다.

천마총은 1973년 그 당시 황남대총을 발굴하기 전 연습 삼아 발굴해 보자고 삽질이 시작되었는데, 막상 뚜껑을 열어보니 금관과 천마도 등 많은 유물이 쏟아져 세상이 떠들썩해질 만큼 놀라웠다고 한다. 경주에는 고분이 155개가 있는데 그중에 번호가 155번이다. (능은 왕과 왕비의 무덤, 묘는 일반 사람의 무덤, 총은 왕릉급이지만 발굴한 무덤으로 누구의 것인지 밝혀지지 않은 무덤을 부를 때 사용한다.)

황남대총은 남북으로 2개의 무덤이 연결되어 있는 쌍무덤이다.
왕비로 추정되는 북분에서 금관이 나오고 왕으로 추정되는 남분에서 청동관이 나왔다. 금관은 왕만이 쓰는 것이 아니라는 것이다. 경주의 고분에서 금관이 6개가 나왔는데 이것을 왕관이라 부르지 않고 금관이라고 한 이유가 여기에서 나왔다.

^{ㅁㅁ} 월지

연못에는 달만 있는 것이 아니다.

연못에 비치는 아름다운 별궁의 모습.

달이 비친 연못은 어느 곳에서 보나 감탄스럽다.

사진 백 장을 찍어야 직성이 풀릴 듯한 곳, 야경의 최고봉 자리를 굳혀간
다.

주말이 지나면 거짓말처럼 한 명의 사람도 없을 때가 있다.

혼자 은근히 고요롭게 월지를 바라볼 수가 있다.

천 년이 지난 어마어마한 세월 동안 얼마나 많은 비밀과 이야기를 품고 있을까?

잠깐만 눈을 감아 봐도, 천삼백 년 전 신라 사람들이 오간다. 그들의 옷은 편안하고 아름답다. 신비로운 정원에서 노니는 연인들의 속삭임과 굽어 돌아가는 곳에 배를 멈추었을 연인들의 입맞춤에 나도 덩달아 가슴이 설렌다.

지천으로 날아다니는 온갖 새들이 공중에서 내려오는 기척도 느낄 수 있다.

그 환상적인 풍경을 그려보고 싶어진다.

문무왕은 삼국통일을 완수한 후 그 기념으로 궁 안에 큰 연못을 파고 진기한 동물과 온갖 꽃나무를 심었다. 우리나라에서 가장 아름답고 가장 오래된 정원으로 주목된다. 그러나 이곳에서 신라의 최후를 알리는 마지막 어전회의를 열어 고려 태조 왕건에게 항복 문서를 작성하여 임금과 신하가 통곡을 한 곳이기도 하다.

호수의 진흙 속에 묻혀 있던 다양한 유물들이 발굴 직전까지 거의 천 년을 버텨준 덕분에 그동안 발견된 적이 없는 그야말로 희귀한 유물들이 많이 보존되었다. 일제 때 건물을 망가뜨린 것이 운 좋게도 오히려 건물이 그대로 주저앉아 일부 목재와 기둥이 보존되었다.

ᄈ 첨성대

"모든 것이
아직은 괜찮아."

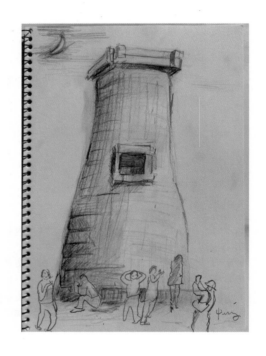

너무 많이 사랑하여
너무 많이 외로운 첨성대
그림자를 길게 그리고 있고
햇빛은 조심조심 떨어지고 있었다
지는 해가 잠깐 눈부셨고
금요일이 천천히 어두워진다

첨성대 주변은 아름답다.

"역시 경주야!"

"그래, 거기 서 있어봐."

"여기서도 찍을 거야"

첨성대 주변 풍경은 사랑이 없던 사람도 사랑하고 싶어진다.

온 사방이 포토존, 요즘 사람들이 무지 좋아하는 사진 사진 찍기에 딱이다. 핑크뮬리가 한창인 요즘엔 해 질 녘이라면 누구라도 그 일몰 빛 묻은 핑크빛의 절정에 빠져버릴 것이다.

석양과 핑크뮬리 샷.

선덕여왕과의 비밀을 간직한 첨성대는 늘 꽃을 배경으로 찍힌다. 그도 그럴 것이 사시사철 뭔가는 피어난다. 마술처럼.

봄 유채꽃 양귀비부터 여름의 백일홍, 기린초, 라벤더, 해바라기, 플록스, 접시꽃, 연꽃을 거쳐 가을이면 황화 코스모스와 핑크뮬리, 메밀꽃이 절정에 달한다.

"여기 관리자분들은 진정한 대지 미술가들이야."

"맞아, 그것도 아주 훌륭한 감각을 가진."

모든 것이 만족스러워지고 모두에게 감사하게 되는 날.

사랑은 덩달아 스멀스멀 꽃 따라 피어나고 깊어지는 정도 단도리된다.

지금 외롭거나 사랑이 배고픈 사람들은 첨성대에 가볼 일이다.

오늘 나는 이 진부한 약속 같은 것이 하고 싶다.

"첫눈 오는 날 만나자."

천체의 움직임을 관찰하던 신라 시대의 천문 관측대이며(종교적 상징물로 보는 견해 있음) 신라의 천문학 수준을 상징하는 첨성대는 현재 완전한 모습의 세계에서 가장 오래된 천문대로 알려져 있다.

계림

나는 당신을 위해 여기에 있습니다.

천 년의 냄새가 진하게 난다. 신비로움이 온몸을 감싼다.

온갖 잡귀를 물리쳐줄 것 같은 회화나무가 입구를 지키고 가을 햇살 품은 고목나무 숲, 그 따뜻한 품속으로 안기고 싶다.

밤이 되면 초롱 들고 야행하듯 조명 산책길을 걷고 싶다.

계림은 낮에도 밤에도 '나는 당신을 위해 여기에 있다.'라고 내게 속삭인다.

1300살이 된 회화나무는 근근이 10분의 1이라도 남아
버텨주고 있는것이 눈물나게 고맙다.

설화

'자줏빛 구름이 하늘로부터 뻗쳐 있고 나뭇가지에는 황금 궤가 걸려 있었는데 그 금궤 속에서 빛이 나오고 있었다. 나무 밑에서는 흰 닭이 울고 있었고 그 금궤를 열어보니 사내아이가 나왔다.'고 한다. 금궤에서 나온 아이라 하여 김알지라 하였다.
삼국지 위지 동이전에서는 '옛날에 망한 나라의 유민들이 진나라의 노역을 피해 한국으로 왔다'고 기록하며 그 언어 또한 마한과 달랐다고 한다. 그럼 신라에서 왕위에 오른 김 씨 세력은 이주민이라는 이야기가 된다. 그리하여 설화에서는 하늘에서 내려온 금궤에서 아이가 나온 것으로 표현된 것이나 보다.

ᄆᄆ 월성

'툭~!'

"가을, 너였구나."

열아홉 살의 여름밤에 첫사랑 그는 나를 자전거에 태우고 반월성에 데리고 왔었다. 그 기억은 어제처럼 생생하다. 신라 천 년이나 우리의 40년이나 지난 세월의 무게는 어제처럼 가볍다.

그날, 달빛만 시렸다.
나의 열아홉과 너의 열아홉
그리고 너와 함께 맞은 서른아홉 번째의 그 가을.
그 가을이 내 마지막 가을이 되어 이불처럼, 내 불면의 밤마다 기꺼이 꺼내어 덮는다.
늦가을 가고 비어있는 가지마다 시리게 퍼런 하늘만 걸린 날-

월성유채밭

　오래 쳐다보면 파란 물이 내 옷을 마저 적시고 말 것 같은 미련한 시선에 문득 누군가 다가와 그날처럼 말 건넨다.

　'너의 열아홉 나의 열아홉 그때부터 기다림만 했다고.'

　저리게 멈춘 가슴 들어 돌아보니

　'툭~!'

　"너였구나."

　나는 나뭇잎들 사이로 떨어지는 햇살을 줍는다.

이곳은 파사왕 22년에 신라의 왕성으로 축성되어 신라가 망하는 서기 935년까지 궁궐이 있었던 곳이다. 지형이 초승달처럼 생겼다 하여 반월성 또는 월성이라 하였으며, 임금이 사는 성이라 하여 '재성(在城)'이라고도 하였다. 조선 시대부터 반월성(半月城)이라 불려 오다 최근에 다시 월성으로 부른다.

월정교

우리가 잠시라도 사랑을 준 것에는 우리 영혼의 일부가 깃든다.

저 달이
뜨고 지는 것이 천 년 전이나 지금이나 변함없듯이
세상 변하지 않는 것이 사람 마음이다.
천 년 전 신라 사람들의 마음을 들여다보면 그들의 염원이나
우리들의 염원이나 다를 게 없다.
월정교에서는 오래 달을 바라봐야 한다. 더 이상 찬란한 조명이 방해되지
않을 때쯤, 이제 완전히 밤이 내렸고 달이 뜨지 않은 하늘에는 별들이 반짝
이고 있다.
그렇게 달이 지고 별이 뜨는 밤.

문루로 올라 보니 교촌마을에 불빛이 또한 하늘에서 방금 쏟아부은 별빛 같다.

"엄마, 언니야는 어디 갔노?"
"거라 가봐라."

하얀 다리 물속에 넣고 빨랫방망이를 두드리고 있는 뒷모습에서 앞집 영숙 언니 뒷집 자야 언니 가운데 우리 큰언니를 찾을 수 있었다.

심심해서 언니 뒤에 앉아 돌멩이로 물풀을 찧어 초록 물이 나오면 그것으로 빤빤한 돌에 그림을 그리고 놀다가 크고 작은 납작한 돌 모아서 할아버지 밥상 차려다 드리는 놀이도 하며 혼자 놀기를 잘했다.

빨래가 먼저 끝난 영숙이 언니는 물수제비 뜨기를 했는데 내가 태어나서 본 젤 신기한 기술이었다.

동네 아가씨들이 양동이를 머리에 이고 봄 버들잎 같은 웃음을 날리며 돌아오던 모습이 그려진다.

양동이 그득 찬 빨래 가장자리에는 나무로 깎은 빨랫방망이가 꽂혀있었다.

나는 한참이고 월정교 징검다리에 쪼그리고 앉아있다.

눈을 지그시 감고 월정교를 오고갔던 신라인들을 그려 넣어보면 신라군의 출정 대열이 어렴풋이 보인다.

신라에 유리구슬을 전하러 오던 아랍인들이 오가고, 천관녀를 만나기 위해 천관사로 가는 김유신의 말발굽 소리도 들린다. 그리고 요석공주와의 인연을 그리며 물에 빠진 원효대사는 장난스럽다.

원효대사가 요석공주와 연을 트기 위해 일부러 월정교에서 뛰어내렸던 일화도 있다. 월정교 주변에 일정교 터가 남아있다. 일정교는 춘양교라 불린다. 시대에 따라 민간 신앙이나 전설 등이 덧씌워져 '효불효교', '칠성교' 등으로 불리기도 하였다.

♬ 교촌마을

그곳에는 매력 넘치는 골목길이 있다.
운치 있거나
정념이 묻어있거나
궁금증을 자아내거나

담벼락에 수줍게 돌아앉은 외로운 들국화는
그믐달의 애달픔을 위로한다
나는 이런
골목들에게 기꺼이 유혹당한다

밤길 담 모퉁이를 돌 때면 어느샌가

조선 시대 그림 속으로 들어가
나도 애틋한 사랑의 주인공이 된다
아무 다짐도 하지 않는
그믐달 같은 사랑

月沈沈夜三更
兩人心事兩人知
"달빛 침침한 한밤중에 두 사람의 마음은 두 사람만이 안다."

최부잣집고택솟을대문

고즈넉하던 교촌마을에는 멋진 카페들이 즐비하게 생겨나 밤이 더 화려해졌다. 한국판 노블레스 오블리주의 상징 '경주 최 부자'의 종가댁도 있다. 1,700년경 건립된 고택으로 건축 당시 이웃하고 있던 향교의 권위를 해치지 않기 위해 향교보다 세 자 이상 낮게 터를 깎아내고 집을 지었다고 전한다.

최 부자의 육훈: ① 진사 이상의 벼슬 금지, ② 만 석 이상의 재산을 모으지 말 것, ③ 과객을 후하게 대접할 것, ④ 흉년에 재산을 늘리지 말 것, ⑤ 100리 안에 굶어 죽는 사람이 없게 할 것, ⑥ 시집온 며느리는 3년간 무명옷을 입을 것 등의 가훈을 지키며 올바른 부자의 정도를 걸었다.

╔╗ 경주국립박물관

세상에서 가장 진실한 예술은 사람을 사랑하는 일이다.

"우리 시대는 금과 옥을 미
워했고 문학과 예술을 사랑했
다."

멋지다.

천삼백 년 전의 신라부터 이
땅의 사람들은 예술을 사랑했
다.

예술은 사람을 사랑하는 일이다.

성덕대왕신종 원문에는 또, "영원토록 큰 복이 끊임없이 거듭되리라."
라는 글이 있다.

우리는 새해 인사로 "새해 복 많이 받으세요."라고 한다.

신라 시대부터 그런 고운 인사가 있었던 게 아닐까?

사람을 사랑하고 예술과 문학을 사랑했던 신라, 그곳에 살기로 했다. 매
일 천 년의 미소와 함께 미소 짓고 천 년 전 신라인들의 삶에 동행을 청하
고 있다.

> 경주박물관이 달라졌다.
> 탁 트인 공간감과 바깥 풍경이 들어오는 곳에 의자를 두어 여느 카페 못지않은 공간도 숨어
> 있다. 이번에도 가고 다음에도 가도 좋은 곳, 비가 와도 눈이 오면 더 딱인 곳.

경주박물관(천년의 미소, 성덕대왕신종, 고선사지 삼층석탑)

천년의 미소

"무엇이 맛있었을 때
무엇이 즐거웠을 때
생각해 보니 네가 있을 때였어."

가만히 눈을 감아봐
저절로 미소가 지어지면
네가 좋아하는 사람도 너를 좋아하는
거야.

길섶을 돌아봐
작은 풀꽃이 눈에 들어오면
네가 좋아하는 사람도 너를 좋아하는
거야.

– 천년의 미소

전통기와수막새의 문양으로 일본의 수집가에게 팔린 것을 각고의 노력으로 되찾아 온 아슬한 사연이 있다.

성덕대왕신종

그대가 공양하니
보화는 구름같이 피어오릅니다
천상의 바람에 옷자락 휘날리며
사뿐히 내려앉아 지금껏 이 세상
그대가 지켜냈지 않습니까?

머나먼 세월 동안
버려준 그대가 고마워
어찌할 바를 모르겠습니다

그대는
어찌하여
이토록 품위 있게 아름다운지
이토록 심오하고 여운이 남는지...

좋은 예술 작품을 바라볼 때

사랑하는 사람을 바라볼 때

우리는 아무것도 갈망하지 않는다

마치 시간이 멈춘 것처럼

무엇에도 얽매이지 않은 채로

우리 앞에 그 대상만이 홀로 존재한다

이상할 정도로 온전히 그 자체로서

그저 그곳에 존재할 것이다

말의 표현 범위를 넘어서고

정념을 초월한다.

태평성대를 이끈 성덕대왕의 공덕을 기리기 위해 아들 경덕왕이 만들기 시작하여 손자 혜공왕에 이르러 완성했으며 절에서 누각에 걸어놓고 시간을 알리거나 사람들을 모을 때 사용했다고 한다.
성덕대왕신종의 맨 위에는 연꽃 모양 장식의 음통이 있는데 우리나라에만 있는 독특한 구조로 신종의 아름답고 긴 울림의 열쇠라고 한다.

고선사지 삼층석탑

어떤날은 남의 집에 세 들어온 서러움에 겨웁고

어떤날은 아름드리 당산나무처럼 든든히

그리고 어떤 날은 커다랗고 텅 빈 방이지.

"저리가, 나에 대해 대충은 들어 알겠지만, 내 전부를 속속들이 이해할 수는 없을 거야."

"어쩔 수 없는 상황 앞에서는 마음을 비우는 것밖에 할 수 없을 때가 있지. 그래도 너는 아직 살아 있잖아."

천년도 더 넘게 봄마다 꽃피듯 피어나기.

고선사지 삼층석탑이 서 있던 암곡동 고선사 터는 인공 호수인 덕동호가 만들어지면서 수몰되어 경주국립박물관에 옮겨오게 되었다. 고향이 엄청 그리울 수도 있다.

경주박물관(신라 토우)

"너를 생각하면
울다가도 웃는다."

여름 한낮 그늘에 앉아 애들과 흙 놀이 하듯 주물주물해서 거기에 눈과 입을 슬쩍 파 놓고 수염 몇 가닥 그어 넣은 할아버지.

나도 함께 용을 쓰게 되는 아기 낳는 여인, 그리고 죽음을 슬퍼하는 사람의 고개 숙인 모습에서는 눈물이 뚝뚝 떨어지고 있다.

신라토우 　　　　자코메티남자

진솔하고 담백하다. 군더더기가 없다

감정 표현이 너무 솔직하여 그 사람이 울면 같이 울게 되고 그 사람이 웃으면 같이 웃게 된다.

그가 사랑하면 나도 사랑하게 된다.

1,500년 전 신라인들의 희로애락을 만나면서도 인생이 다 그런 거라는 것을 인생이 그저 한순간임을 깨닫지 못한다면 10권의 책을 읽은들, 수십 번 박물관을 드나든들....

37

산다는 건 그냥 그 옛날옛적 신라인들의 삶처럼 우리 할머니 할아버지가 살아냈던 것처럼 나이 들어 가고 시들어 가는 것.

예측할 수 없는 일들은 일어나고 오로지 긴 시간 동안 그냥 살아질 뿐이다.

자코메티 사람과 손잡고 같이 성큼성큼 걸어서 신라인들의 토우를 만나러 가보자.

그들의 낭만적인 삶을 우리도 즐겁게 엿보자.

신라인, 그들의 연주 소리에 맞춰 흥얼거려 보자.

내가 사랑하는 작가 자코메티, 그리고 신라 그 시대의 이름 모를 토우 작가들. 단순 절제미의 끝판왕이 아닌가?

자코메티의 10cm와 신라 토우의 10cm 그리고 신라 토우를 따라 만든 나의 토우 10cm.

나는 몇 년이 걸릴지 모를 토우 만 개를 목표로 만들기 시작했다. 사이즈가 작을 때 내 감각에 더 철저히 집중할 수 있다.

살아있는 존재나 하찮은 사물까지 그냥 보아넘기지 않은 신라 토우에는 거친 질감 하나하나에 인간의 염원과 삶의 고뇌가 스며 있다.

그런가 하면 삶의 해학과 여유로움과 낭만이 있다.

내가 자코메티를 배신한 이유다.

한때 나를 매료시켰던 자코메티 삶의 진지함 대신 신라 토우의 낭만적인 삶 속으로 들어가고 있는 중이다.

바지저고리 입고 상투 튼 남자, 가야금을 연주하는 사람, 가면을 쓴 채 춤을 추고 있는 사람, 배를 타고 노를 젓는 사람, 사냥하거나 고기 잡는 사람, 활을 쏘는 사람, 멧돼지를 사냥해 말 안장에 싣고 가는 사람, 아이를 낳고 있는 여자, 죽음을 슬퍼하는 사람, 뜨겁게 사랑을 나누고 있는 남녀….
절로 미소를 짓게 하는 할아버지 얼굴, 두 손을 모으고 얼굴을 약간 치켜든 채 목청껏 노래 부르는 모습, 엉거주춤 서서 악기를 연주하는 모습, 노래하는 토우.

황룡사지

신은 신이다. 모든 게 덧없더라도.

존재하느냐 안 하느냐가 아니라 이곳에는 무엇인가가 우리를 당긴다.

소크라테스가 아테네 사람들과 대화를 하면서 평생을 보낸 것처럼 나는 이곳 천년왕국 경주에서 신라인의 이야기를 듣는 삶을 선택했다.

아시아 반대쪽 학자들이 남긴 기록물들에는 "중국의 동쪽에는 금이 풍부한 신라라고 불리는 아름다운 나라가 있다. 금이 많아 동네 강아지조차도 금 목줄을 하고 다닌다."

"집집마다 호박 향내가 나고 그곳에는 젊은이들이 많고 노랫가락이 끊이지 않으며 무슬림들은 즐거워서 떠날 생각을 아니 한다."

"이 세상 그 누구도 신라 같은 곳을 보지 못했습니다. 신라의 군사는 사막의 모래알보다 많으며 백성들은 두려움이 없고 항상 즐겁습니다. 거리 곳곳에 정원들과 꽃이 가득하고 노랫가락이 끊이지 않습니다. 이곳은 천

국입니다."

"맑은 공기와 깨끗한 물로 질병을 모르고 건강하다. 아무리 불치의 병에 걸려도 신라에 가기만 하면 씻은 듯이 나아버린다."

이런 글을 보면 신라에 여행 가고 싶어진다.

아름다움은 보는 사람의 눈에 있는 것이 아니라 보는 사람의 마음에 있다.

훗날, 언젠가 그 장엄한 구층목탑이 재현되는 날, 분명 인스타 핫플레이스가 될 것이다.

피라미드나 피사의 탑을 보러 가는 사람들이 황룡사 구층탑 앞에서 사진 찍으려고 줄을 서게 될 날을 기다린다.

당시 경주를 처음 방문한 사람이 황룡사 구층목탑을 처음 봤을 때 감동은 우리가 파리에 갔을 때 에펠탑을 보고 느끼는 감동보다 열 배는 더 크지 않았을까?

개망초꽃이 황룡사지에 눈처럼 내렸다

눈치코치 없이 아무 데서나 피는 게 아니라

개망초꽃은

사람의 눈길이 닿아야 핀다

이곳저곳 널린 밥풀 같은 꽃이라고 하지만

개망초꽃을 개망초꽃으로 생각하는

사람들이 이 땅에 사는 동안

개망초꽃은 핀다

더러는 바람에 누우리라

햇빛 받아 줄기가 시들기도 하리라

그 모습을 늦여름 한때

눈물지으며 바라보는 사람이 아무도 없다면

이 세상 한쪽이 얼마나 쓸쓸하겠는가

훗날 그 보잘것없이 자잘하고 하얀 것이

어느 들길에 무더기 무더기로 돋아난다 한들

누가 그것을 개망초꽃이라 부르겠는가

– 유월의 황룡사지

선덕여왕 시절 만들어진 황룡사 구층목탑은 약 80m로 그 높이가 아파트 30층 정도가 된다고 한다. 신라 주변에는 일본 중국 등 아홉 나라가 있었는데, 탑을 세우면 이 아홉 나라가 조공을 바치며 굴복할 것이라는 기원 아래 9층을 세우게 된 것이라고 하며 삼국유사에서는 신라 인구가 80만이었다고 한다(그 당시 프랑스 파리 5만).
솔거의 금당 벽화가 이곳에 있었고 원효대사가 금강삼매경론을 연설한 유서 깊은 곳이다.
그리고 황룡사에는 현재 국립경주박물관에 있는 성덕대왕신종보다 4배의 크기의 세계 최대의 종이 있었다고 한다.

분황사

나도 하나 있다
네 안에 그것과 같은

모전석탑의 섬세한 석공들의 손놀림이 분주하게 느껴진다.

원효와 자장의 그림자를 찾게 되고, 천몇백 번 봄을 맞이하고 천몇백 번 꽃을 피웠을 느티나무 그늘에는 어린 설총이 나무 막대기로 그림을 그리고 놀고 있다.

뒤뜰 돌우물에서는 지금도 호국 용이 살아 있을 거 같아 조심스레 우물 안을 들여다보게 된다.

바람이 나무를 흔들지만
영원히 흔들고 있는 바람은 없다.
불던 바람은 가고 나무는 다시
본래의 제 모습으로 서 있게 된다.

먹구름이 하늘을 가리고

천둥 번개가 하늘을 가르기도 하지만

구름은 반드시 지나가게 되어있다.

그러면

하늘은 언제나

제 빛깔로 거기에 있다.

진평왕 때 시작하여 선덕여왕 3년에 완공한 것으로, 분황은 '아름답다, 향기롭다 분(芬)'과 왕을 일컫는 황(皇)이 합쳐진 말로 '여왕을 위한 사찰'이라는 뜻으로 해석.

원효가 해골바가지에 깨달음을 얻고 돌아온 곳이 이곳이며 나무아미타불은 원효가 만들었지만, 관세음보살을 덧붙인 사람은 의상이다. 저 2개를 붙여서 나무아미타불 관세음보살이라고 한다. 아미타부처는 내생을 주관하고 관세음보살은 현생을 구제하는 보살이다.

기림사

난 너와 함께 있을 때의 내가 좋아.

기림사대적광전

기림사웅진전

기림사에서는 유유자적 걷게 된다.

신라인들의 손길을 살리려고 노력했던 조선 시대 사람들의 노고를 느끼면서 대적광전 앞에서 합장한다.

임진왜란 때 왜구 앞에 당당히 섰던 당시 승병들에게도 합장한다.

기림사와 불국사의 바뀐 운명 또한 어느 스님의 글에서 답을 찾는다.

"구름이 가건 오건 산은 다투지 않네."

하늘이 파란 것도 기쁘고

너와 함께 있는 것도 기뻐

그리고 무엇보다 네가 눈물을 그쳤다는 것이 기뻐

이 골짜기에 '장군수(將軍水)'가 나는 샘이 있었는데 그 샘을 메우고 그 자리에다 금당을 세웠다고 하여 절 이름을 임정사(林井寺)라고 했다가, 원효대사가 중창할 때 기림사라고 불렀다고 한다. 신문왕이 만파식적을 얻어 돌아오는 길에 기림사 서쪽 골짜기에서 수레를 멈추고 점심을 드셨다는 기록으로 보아 통일신라 초기에 이미 이 절이 있었던 것 같다. (신라 때 이미 기림사에서 차가 재배되고 있었고, 이 도량의 역사가 차와 함께 시작되었다고 한다. 기림사는 임진왜란 당시 승병들의 훈련 주둔지였다.)

골굴사

가치가 있는 것은 뭐든 시간이 필요로 한다.

천 년의 시간이 흙이 되고 돌이 되어
바람과 물이 빚어 만든 위대한 예술품
어느 도공이 어느 석공이 저렇게 빚
어낼 것이며
어느 화공이 그려낼 것인가?
최고의 예술가는 역시 자연이다
자연이 펼쳐내는 마술이지 않은가?

옛사람들의 신심은 어디까지인가?
어쩌면 신을 향한 옛사람들의 믿음이 저 바위를 뚫지 않았을까?
젤 높은 곳에 앉아계신 마애여래좌상을 만나러 가는 길에 억겁의 정념
이 묻었을 돌 한편에 가만히 두 손을 대본다.

겸재 정선의 그림에 '경주 골굴 석굴도'가 있으며 우리나라 최초의 석굴 사원이다. 골굴사
(뼈 모양의 동굴이 있는 절)는 기림사보다 앞서 지어진 불교 유적으로 원효대사가 입적한
혈사로 추정되고 있기도 하다. 경주 전역의 불적들이 대부분 화강암 단단한 재질로 조성된
것과 다르게 골굴사 유적들은 사암과 이암, 석회암의 성질을 가지고 있다.
강아지 때부터 새벽 예불을 드렸다는 동아보살 동상의 일화도 있다.

봉황대

비료 포대로 미끄럼 타고 놀던
언덕배기
"호야 밥 무라" 부르는 엄마 소리에
엉덩이를 털지만 기운 옷에 풀물이 들었네

느티나무 아래서 옆집 순이는
팽나무 열매로 밥을 지어 호야에게 주면
호야는 팽나무 열매로 대나무 총알로 써버리네
순이의 흘기는 눈은 못 본 척하네.

유월에 봉황대에서

"봉황대 밑에 할매요

은가락지 나알 주소

시뿌도다 이 딸아야

머시마 손자 재깨 놓고

여식인테 준단 말가"

아이들이 봉황대를 오르락거리며 불렀을 이 노래를 신라 사람들이 듣고 잠자다 깨다 했을 것이다.

경주에 있는 신라 왕릉급 대형 무덤 중에서도 가장 규모가 큰 고분이다. 황남대총이 제일 크기로 알려져 있지만, 실제로 황남대총은 무덤 2기가 합쳐진 형태라 단일 봉분으로는 봉황대가 좀 더 크다. 특이하게도 무덤 봉분 위에 수백 년 묵은 느티나무가 자라고 있다. 무덤 위에 거대한 느티나무가 오히려 봉황대 발굴의 가장 큰 걸림돌이 되어 무덤 내부의 나무 받침 구조상 발굴 시 구조 훼손을 피하기 어렵다고 밝혀져 발굴하지 않았다.

돌무지덧널무덤 특성상 도굴이 상당히 어려워 손대지 못했을 가능성이 크고 후대에는 이곳을 무덤이라고 생각하지 못했기 때문에 도굴 시도조차 없었을 가능성이 높다. 물론 봉황대란 이름은 신라 당대에 쓰인 이름이 아니고 후대에 붙여진 이름이다. 조선 시대 문인들도 무덤인 줄 알았다면 전망대로 여기거나 이런 이름을 붙이진 않았을 것이다. 추사 김정희가 무장사지에 답사를 갔다가 봉황대가 왕릉일 거라고 추측해 냈다고 한다. 조선 시대 사람들은 봉황대를 무덤으로 생각하지 않았기에 총이나 능이라는 표현 대신 '대'라는 말을 썼다.

ㄹㄹ 괘릉

"봄 시를 다 읽고 나도
봄 비는 아직 내리고 있었다."

쪽담에 복수초가 핀 걸 보니 봄이 틀림없네
오해가 빚어낸 상처
그리고
설레고 가슴 벅찼던 순간들을 소환해
낮달과 봄을 휘휘 저은 시 한 잔을 나눈다

화려하고

아름답고

자태가 빼어나면서

또한 귀품이 있고

온갖 미사여구를 다 갖다 붙여도

딱 떨어진다.

둘러싼 12지는 하나같이

완벽한 조형으로 석공의 정교한 손놀림을

현장에서 구경하고 있는 듯하다.

봄에 겨울을 생각한다.

경주에 눈이 오면

괘릉에 가야 한다.

서역 상인들 솜 모자가 두툼해지는 만큼

마음은 더 따뜻해진다.

그리고 나는

그 넓은 하얀 잔디밭에서 아무도 보지 않는 춤을 춘다.

원성왕릉이 괘릉으로 알려져 있는데 '관을 매달아 놓은 왕릉'이란 뜻으로 왕릉 내부에 물이 고여 관을 매달아 놓았다고 한다.

괘릉에서 시집왔다는 능산댁 능동댁 할머니들 말씀도 있다. "밤에 능에 문이 열렸다 캐서 우리가 가 보이, 무덤 아래 돌삐들이 떨어져 나가 뻥 뚫렸는기라. 왜놈들이 거 뭐 있는가 싶어가 훔쳐갈라고 하다가 비가 억수같이 쏟아져서 도망갔다 카더라."

포석정

여름밤
담벼락의 빨간 장미에 홀려
빨간 장미 같은 키스를 하고 말
았던 밤

이러면 안 되는데
하면서 그 키스를 멈출 수 없었
던 것은
너에게로 가지 않으려는 마음이
었다.

신라가 쓰러져 가던 그날처럼
이미 아슬아슬한 길 위에 서 있었다.

견훤이 경주를 급습해 올 당시 잔치를 벌이고 있었다는 설이 있으나, 이곳은 원래 신라의 남
산 산신을 모시는 신당이 있던 곳으로 나라의 운명이 풍전등화가 됐을 때 구국을 위한 기도
를 하고 있었던 것으로 보는 견해가 설득력을 얻고 있다. 음력 11월이란 시기도 술잔을 띄울
시기는 아닌 듯하다.

신화의 산, 선도산 (서악동 고군분)

서악동 고분군

"한적함이여
무덤에 스미는 미세한 바람이 맘에 닿는다.
태풍이 멈췄는데도 흔들리는 나무처럼."

여기는 그냥 걷자. 고분군 그들의 동네 한 바퀴를 돌자.
여행 중에는 시간을 허투루 쓰는 강박에서 벗어나자.
아늑한 서악 동네 카페에서 커피 한잔하고 평이 좋은 식당에서 순두부

정식 저녁을 먹는다.

근처 보이는 왕릉에서 왕의 길 따라 초저녁 산책을 한다.

들어가는 길에 소주 한 병에 컵라면 하나로 신라의 달밤에 기분 좋게 취한다.

'아, 신라의 밤이여....'를 흥얼거리다 낭만적인 신라의 밤에 간신히 그리움이 없어지면 잠에 빠진다.

그리고 다음 날 신화의 산 선도산에서 신적 정기를 받아보자.

한적한 곳.

김춘추에게 문희와 결혼하게 된 얘기를 해달라고 졸라보자.

태종무열왕릉

김유신의 계략에 빠졌는지, 문희를 처음 봤을 때부터 반했는지, 김춘추를 만난 건 언니의 꿈을 산 문희의 행운이 었는지....

어느새 적적함이 사라진다.

태종무열왕릉 곁으로 한 마을을 이룬 무덤들도 고요하게 모여있다. 법흥왕, 진흥왕, 진지왕, 문성왕, 헌안왕 무덤 맞추기를 해보지만 맨날 헷갈린다. 셀카로 이 모든 왕과 단체 사진도 찍는다.

태종무열왕릉비가 있는데 귀부와 이수만이 남아있지만, 이수에 '태종무열대왕지비(太宗武烈大王之碑)'라고 새겨져 있어 신라 왕릉 가운데 매장된 왕이 명확한 능이다.

선도산

사르르 녹는다

깊은 한숨도 거친 숨소리도,

　선도산을 오르기 전 입구에서 만나는 '서악동 삼층석탑'.

　세련되지도 않고 예쁘지도 않지만 왠지 정이 가는 사람처럼, 난 이 탑이 그렇다. 사람들은 균형이 맞지도 않고 보존 상태도 좋지 않아 예술 점수가 빵이라는데, 내 눈엔 투박한 멋이 완전 넘친다. 맘씨 좋은 문지기 금강역사에게 잘 말하면 감실의 문을 열어줄 것만 같다.

　신라 여인들의 기원이 스몄을 성혈군을 지나 숨이 한껏 찰 때쯤에 정상이다.

　땀이 없는 나도 여름에는 땀을 두 바가지 정도 흘리고 올라야만 협시불의 치명적이게 매력적인 미소를 만날 수 있다.

　아~~

　듣던 것보다 기대했던 것보다 더 매력적인 협시불의 미소.

　저절로 따라서 미소 지어진다.

　차갑고 단단한 바위에서 어떻게 이런 표현이 가능했을까?

　내 화실의 붓과 넘치는 물감들이 사치였다. 캔버스도 부끄럽긴 마찬가지다.

　이곳에서 심각한 화두의 고민이 생겼다.

　신라 사람들은 서악산을 서방정토로 보고 그 꼭대기에 마애삼존불을 새겨 낮은 구릉의 무열왕릉을 비롯한 고분군을 내려다보게 했다. 그들의 극락왕생을 기원하고 또 그 당시 신라 사람들의 복과 무탈을 빌었다고 한다.

　본존불은 마애불, 양쪽의 협시불은 남산의 화강암으로 만든 후 이곳으로 옮겨 왔다. 받침대를 만들어 이곳에 끼워 고정한 것이다.본존불은 자연 바위를 이용해 조성했으나 바닥의 5개의 연꽃잎 조각은 화강암으로 별도로 조각해 바닥에 홈을 파고 끼워 넣은 것이다.

🎵 김유신 장군 묘

너를 안다는 것은

내 마음이 거기에 닿아서 머무는 것이다.

'빨리 가려면 혼자 가고 멀리 가려면 함께 가라.'라는 말을 실천한 신라 인들이 있다.

죽어서 왕이 된 김유신, 왕족이 아니면서 왕이 된 김유신.

살다 보면 여러 한계가 온다.

김춘추와 김유신은 함께여서 각자의 한계를 극복하고 신라의 태종무열왕이 되고 신라의 태대각간이 되었다.

혼자 가는 길이 힘들면 함께 가보자.

김유신장군묘의 둘레돌에 새겨진 12간지.

신라인들의 조각 솜씨는 어디까지인지!

그것은 솜씨가 아니라 정념이다.

마치 한 문장을 읽은 다음 창밖을 보고 음악을 듣다가 하는 것처럼 열두 동물을 조우하는 데 더 한참이나 걸렸다.

표현할 말이 없다.

언어가 도무지 접근할 수 없는 정신이다.

7세기 격동기 시대 신라의 장군으로 삼국통일의 주역으로, 치열한 삶을 살았고 죽은 지 100년이 지난 후 흥무대왕 시호를 받았다.

길상사: 김유신을 기리는 제를 올린다.

강릉단오제: 대관령 산신이 김유신 장군이라고 자신들의 수호신으로 받들었다. 김유신을 모시는 사당이 전국 각지에 10여 개에 이른다.

충북 진천 태실(태령산): 우리나라에서 가장 오래된 태실.

ꀩ 삼릉

살다가 어느날 장대비 쏟아지는 길 위에
무릎 꿇고 싶어질 때

살다가 어느 날 세상 고독한 소음으로
음악이 들리지 않을 때

숲 그림자가 알려주는 이야기 따라
더 강해지는 모험이 시작된다.

와~~ 멋있다!

멋있다, 멋있다, 멋있다....

멈출 수 없이 열 번 정도는 저절로 쏟아진다.

상투적 표현이 가장 진솔한 표현이 되는 때이다.

소나무 숲에서 뿜어지는 신라 천 년의 기운이

신라 왕들의 숨 쉬는 소리가

내 몸을 감싸올 때쯤엔 카메라도 멈추게 된다.

숨이 멎을 것 같은 기운에

압살당한다.

개울 따라 오르면 젤 먼저 만나는 삼릉곡 석조여래좌상은 머리와 대좌를 잃어버렸지만 기품 넘치는 당당한 어깨에 흘러내리는 가사 끈의 우아함과 매듭의 섬세한 조각 솜씨에 놀란다. 머리 없는 불상을 지나면 마애관음보살입상이 자비 넘치는 미소를 짓고 있다. 자유로운 필치로 선각육존불을 새긴 것은 바위가 아니라 종이에 그린 듯하다.

ㄹㄹ 남산 (용장사지)

"가당찮은 세월
씩씩하게 바람이 지나갔고
이젠
아침 햇살에 큰 기지개를 켠다."

"비야 비야 오지 마라
내일모레 콩 볶아 줄게."

노래하며 오르니 비가 참아주고 있었다.

내 친구는 용장사지 삼층석탑을 인생 최애 석탑이라고 한다.

탑 곁의 바위에 앉아 가부좌를 틀고 앉아 수인을 한 채 눈을 감고 오래 오래 앉아있다.

두 팔을 벌려 천천히 뭔가를 조심스레 모은다.

그 모습은 진지해서 보는 사람이 숨을 죽이게 된다.

여기는 기가 세고 만져진다고 한다.

'뭔 귀신 씻나락 까먹는 소리' 했는데 웃기게도 공기를 만져보니 나도 묵직한 기가 만져지는 것 같았다.

당신은 내 가슴에 지문처럼 문신처럼 남아있습니다

"어디고?"

"뭐 하노?"

"언제 오노?" 하던 당신

"미안하다."

"고맙다." 하고 가버린 당신

이 가을에 내가 할 일은

당신 놓아주는 것.

500m도 되지 않는 남산의 중턱에서 그 느낌은 백두산보다 웅장한 호연지기를 느낄 수 있는 곳. 남산 자체를 기단으로 하는 세상에서 가장 높은 삼 층 석탑이 있는 곳.

^{ㄹㄹ} 남산_(배동)

이곳에 미소 짓지 않는 것이 없습니다.

배동삼존불의 미소

그 미소에 본존불 부처님의 통통
한 볼에 파인 보조개를 보면 누구나
반하게 된다.

천 년의 그 미소에 빠지지 않는 것
이 더 힘들 것이다.

협시보살의 가는 허리, 오른쪽 대
세지보살의 머리부터 발끝까지의
치장. 신라인들의 조각 솜씨는 손기
술이 아니고 깊은 정념이었다. 딱딱
한 돌인데 부드럽고 차가운데 따뜻

한 미소가 있다. 이리 보고 저리 보고 앞태 뒤태보다 나도 모르게 몇 바
퀴를 돌게 된다.

뺏긴 마음 추스르고 금오산을 향해 땀 흘리며 오르다 보면 몇 분의 부

61

처님과 조우하고 쉬고 싶을 때쯤 해서 너른 바둑바위를 만난다.

바람이 젖은 머리칼을 말려준다.
바둑바위에 엎드려 가을엽서를 쓴다.

묵은 그리움

가을이 뒷걸음질을 치며 바람을 날린다
오래 가을이고 싶었지
나처럼 너처럼
너를 처음 만난 그 가을의 저녁노을
붉은 해는 연못에 들어가면서
짙은 노을 한 방울 떨어뜨렸지

'아, 그날의 입맞춤은 순전히 노을 때문이었어.'

눈을 감으면 지금도 느낄 수가 있어
그 가을바람 냄새는 달랐지
강아지풀 결 속에 일던 그 가을 냄새
남산에서 그 가을의 너를 본다
이젠 가을이 바람을 흔든다

조각 솜씨가 뛰어난 다정한 얼굴과 몸 등에서 인간적인 정감이 넘치면서도 함부로 범접할 수
없는 종교적 신비가 풍기고 있는 작품으로, 7세기 신라 불상 조각의 대표작으로 평가된다.

문무대왕릉

무슨 일로 저 바람은 잠든 숲을 흔드는가

풀밭에 바람 날고
동해바다에 햇살 날리네

하늘에 구름 날고
바위에 소원 날리네

무슨 일로 저 바람은 잠든 파도를 깨우고

잠든 숲을 흔드는가

전국 바닷가에서 굿당이 가장 많은 곳,

신년에는 해맞이로 사람들의 기원이 겹겹이 쌓인 곳,

정월대보름이면 달집태우기로 액을 쫓는 곳.

미신이 됐든 전설이 됐든

현재도 바다의 신이 되어

우리들 맘에 평안을 주고 있는 문무대왕릉.

대왕암은 자연 바위를 이용하여 만든 것으로 그 안은 동서남북으로 인공수로를 만들었다.
바닷물은 동쪽에서 들어와 서쪽으로 나가게 만들어 항상 잔잔하게 하였다.

🎭 이견대

한 사람을 안다는 것은 그 사람의 마음속 시를 읽는 것이다.

바다어귀 어느 지점에선가 당신의 시선을
잡으려고 기다리다가
우연을 가장하여 말을 건넨다.

"어머, 어디 가셔요?"

사랑하는 사람은 그냥 지나치지 않는다

한 사람을 안다는 것은 그 사람의
마음속 시를 읽는 것이다.

"별거 없는데 풍경은 좋다."
바다뷰 좋은 카페를 찾아가다가 우연히 만난 이견대를 사람들은 이렇
게 포스팅하고 있다.

아버지의 애국심과 아들의 효심이 만들어 낸 만파식적의 전설이 무색
하다.

그리움은 돌아갈 자리를 잃었다

어떤 것은
맘은 뻔한데 표현이 안 될 때가 있다.
어떤 마음은
글로도 그림으로도 표현될 수가 없는 것이 있다.
요즘 나는 자주 그런 상태에 빠진다.
그리움은 색이 자주 달라지고
무엇이 진짜인지 모호해지고 있다.
신문왕의 만파식적 피리 소리를 들으러 간다.

신기한 피리 만파식적 이야기
문무왕이 하늘에서 내려와 "내가 너에게 대나무를 줄 테니 이것으로 피리를 만들어 불거라.
그러면 온 세상이 편안해질 것이다." 신문왕이 피리를 만들어 불자 적의 군사가 물러가고 가
뭄이 들 때는 비가 내렸으며 아픈 사람은 병이 낫고 요동치던 물결도 평온해졌으며 모든 나
라의 근심이 사라졌다고 한다.

⁴⁴ 감은사지

마주하고 있으나 말이 없고
공중에는 천상의 향이 흐르네

돌의 문을 두드린다.
돌가루를 뿌옇게 뒤집어쓴 석공들의 모습
금당 서까래를 올리는 목공들의 힘쓰는 소리
흙으로 바람으로 돌아간 시간.
공중에는 천상의 향이 흐른다.

삶이 공허하고 마음 허허로울 때
고요 속에 침잠하고 싶을 때
감은사지에 홀로 서 있어 보라.
1,300년. 아직 버티고 있는 저 힘,
중심이 흔들리지 않는 저 근성,
허공에 잡은 팽팽한 균형.

내 삶의 모든 것이 정지돼 버렸던 순간이 있었다.
극한 불행 속에서 어느 하루 그가 환하게 웃었다.
나는 내 평생 가장 행복한 날이 그날이 되었다.
행복은 불행 제로인 상태가 아니었다.
행복이 무엇인지 그때 깨우쳤고 그 이후 나는 단 한 순간도 불행하지 않
았다.

다만 그리움은 나날이 나의 텃밭에서 자라고 겨울에도 천상의 꽃이 피
어났다.

삼국통일 이후 최초의 쌍탑(본래 신라의 사찰은 1탑 중심)
삼국유사의 기록에는 문무왕이 왜병을 진압하고자 이 절을 짓다가 끝내지 못하고 "내가 바
다의 용이 되어서라도 신라를 지키겠다."라는 말을 남기고 세상을 떠나자, 그의 아들 신문
왕이 절을 완공하였다. 지금은 불타고 없어져 금당 터만 남아있지만 발굴 조사에 의하면 금
당의 바닥에는 이중으로 장대석을 걸쳐놓았고 장대석 밑은 물이 드나들 수 있는 공간이 되
어 동해의 용이 된 문무왕이 드나들 수 있는 구조로 되어있다고 한다.

 경북천년숲정원

늦가을 꽃 지니

가지마다 빈 허공이네

어린 날부터 사람들과 마주하기보다 더 많이 자연 앞에서 머뭇거렸다.

비 오고 땅이 굳어지고 바람 불면 꽃이 피고 폭풍이 몰아치고 황량하고
어두우며 또다시 햇빛과 행복으로 빛나는 모든 순간들이 한 사람 안에 깃들
어 있다.

우리 영혼의 풍경은 자연과 똑 닮아 한치도 다르지 않다.

수목원의 가을.
그저 걷기만 했을 뿐인데 낭만적이다.

오만가지 색을 담고 있는 감태나무는 마음 없이 흔들린다.
느릅나무의 단풍은 화려한 시절 보내고 이젠 가냘픈 바람에도 불안하
다.
그렇게 또 날이 지나고 해가 바뀌는 동안 자연이 우리에게 남기는 뉘
앙스를 흘려보내지 말아야 한다.

긴 공사 기간이 끝난 수목원은 경북천년숲정원으로 이름이 예쁘게 바뀌고 경북경주산림환
경연구원, 천년의 미소원, 왕의 정원, 버들못 정원, 철쭉원, 겨울정, 분재원 등등 다양한 테
마공원으로 꾸며져 있어 포토존이 엄청 많아졌다.

통일전, 은행나무길, 서출지

통일전

"편지를 쓰고 싶은 날
행여
사랑한다는 연서를 쓰더라도
부디 용서해 주시길...
이 아름다운 가을을 봐서라도."

가을 연못에 파란 하늘이 잠겼다.
단풍 닮은 잉어가 잔잔히 일으키는 물결에
하얀 가을바람은 잠시 몸을 축이고 떠났다.

마른 수련 줄기는 하늘색 바탕에
경쾌한 리듬과 구도의 풍부함을 드러내고
수직선과 수평선만으로 기하학적인 추상화를 그리고 있다.

자연이 그려낸 아름다움은 순수함을 이루고 있어
몬드리안의 추상보다 더 차갑고
칸딘스키의 추상보다 뜨겁다.

통일전 은행나무 길

추수 끝난 너른 들판엔 햇살이 겹겹이 쌓이고
파란 하늘에 노란 물감으로 액션페인팅을 한다.
흩뿌려진 물감은 공중을 채웠다가 떨어진다.

새뜻한 풍경이 다가와서 생각을 일으킨다.
그렇게 풍경이 말을 걸면
건네는 말마다 시 아닌 것이 없다.

서출지

그대를 만난 것은 어릴 적 본 마술사의 손에서
비둘기가 나오는 것만큼 신비스러운 일이다.

재실에 살던 그 언닐 보고 동네 사람들은 사내 여럿 후릴 상이라 했다.
숲은 수런수런 소문을 기르고 낳은 아이는 그 이전에 애인을 꼭 빼닮
았었다.
'열어보면 두 사람이 죽고 보지 않으면 한 사람이 죽는다.'
반전의 드라마 같은 전설이 천 년이 넘도록 전해오는 곳.

정월 대보름날.
"까마귀밥 주자."고 하며 나무 밑으로 몰려가던 어린아이들이 보이고,
왠지 흰 수염을 한 노인이 편지 한 장을 들고 "이 편지가 네 편지냐?" 서
출지 못 가운데서 솟아 나올 것만 같다.

서출지 못 둑을 걸어보라!
서출지는 밤낮없이 계절 없이 4계절 내내
서정적이고 아름답다.
여름밤에는 개구리 노랫소리가
음악보다 감미롭다.

신라 때부터 존재했다는 남산마을.
어머니 아버님이 평생 사셨고 남편이 태어나고 어린 시절을 보낸 남산마을의 옛집. 그 집 앞을 지날 때면 쓸쓸함이 가슴 밑바닥까지 저민다.

진실과 참을 수 없는 사랑이 우러나와 숙연해지고 가을에는 그 집 앞을 지나기가 힘들다.
내가 서출지에 첨 왔을 때 가슴 쿵쿵 했던 200년 이상 된 소나무. 이 소나무는 남산 사람들의 이야기를 다 알고 있겠지. 집안 동서들이 시집살이 힘들어 보따리 안고 서출지 연못을 울면서 지났다는 내가 들은 그 모든 속사정도.

어머니는 서러운 눈물을 땅에 심으시고
푸른 하늘에 또 심으셨다.
죽은 돌에 주술을 새겨두고
민들레 홀씨처럼 가벼워지셨다.

통일전: 삼국통일의 위엄을 기리고 한국의 통일에 대한 염원으로 통일전을 세웠으며 삼국통일에 공을 세운 신라의 태종무열왕, 김춘추, 김유신 장군과 삼국통일의 대업을 완수한 문무왕의 영정이 모셔져 있다.

서출지: 우리나라 풍속 중 '정월에 까마귀밥 주기'는 이곳의 전설에서 시작되었다. 백 가지 일을 삼가고 함부로 행동하지 않으며, 정월 보름날은 '오기일'이라 하여 찰밥을 준비하여 까마귀에게 제사를 지내는 등의 풍속이 생겨나게 되었다.

ᴿᴿ 보문단지

아... 가을입니다.

당신에게도 가을이겠지요.

그때 그에게는 두 갈래 길이 있었다.

회사에 남아 미쳐 가느냐,

작가로 살며 굶주리느냐.

그에게 밥보다 사랑이라 조언했다.

그는 굶주리는 삶을 선택했다.

아뿔싸~~~ 그래도

나는 그것을 예술적 삶이라 부른다.

시냇물을 건너 아화장 가신 엄마
소녀는 빨간 치마가 젖지 않게 오므리고 앉아
소녀의 손등을 간질이는 송사리 떼와 놀다가
돌다리를 조심스레 건너보기도 하며
장에 가신 엄마를 하루 종일 기다렸다
해거름이 되어서야 멀리서 머리에 인
큰 보따리가 먼저 눈에 들어온다

엄마 치맛자락을 잡고 보따리 안에 들었을
나비 고무신 생각에 절로 깡충거렸다
엄마의 시장 보따리가 풀리고
고사리 돔배기 마른 명태....

엄마는
"오늘은 너무 더워서 신발 장수가
더위 먹고 다 죽었다더라."

울지도 못하고 꾹 참고 있으면
다음 장날
그들은 다시 다 살아났었다
하얀 나비 고무신은
며칠 동안 그 소녀의 품에서 잤다

보리쌀 한 됫박에
참외 한 소쿠리 바꿔오던 날
참외밭 제실에 살던
그 예쁘던 언니와 걷지 못하고
몸만 비틀어 대던 언니의 동생과
아이스크림 통을 메고 다니던
코흘리개 그 소년은
뒤적이는 기억 속에서 하얀 고무신을 신고
날아오른다
장사꾼들 더위 먹고 죽지 않게 해달라고 빌던
장에 가신 엄마를 기다리는 소녀
오늘은 즐겨 입던 빨간색 치마를
꺼내 입는다

"경주 보문 가봤니?"

"당연하지."

"보문호수를 손잡고 걸어봤니?"

"당연하지."

초록 바람을 쐬러 가기에 딱인 보문호수.

시간이 많은 어른이 되어야 더 많은 걸 볼 수 있고 느낄 수 있다. 오늘 할 일을 모레로 미루면 오늘은 무지 행복하고 여유롭다.

호수가 바로 코앞에 보이는 예쁜 카페 옆에 예쁜 카페.

그냥 아무 곳에나 들어가도 호수의 뷰는 열 몫을 한다.

우리나라 관광 문화가 시작된 곳.

1973년 유적지만 있는 경주를 박정희 대통령의 적극적 지원에 의해 10개년 계획으로 조성된 공원이다. 특히 안개 낀 보문호수는 스위스 루체른호보다 신비롭다.

경주 남산 탑곡마애불상군, 경주 할매부처

오래전에 사랑을 잃고 찾았을 때도
"괜찮아 괜찮아"
오래전에 꿈을 날려 보냈을 때도
"괜찮아 괜찮아"

남산바위 부처님들은
천 년 전에도 지금도
천년만년 그곳에서
마음을 다 내어주신다

어릴 적 어머니는 동네 바위에게 빌
고 자주 아픈 조카를 바위에게 팔았다.
바위에게 팔면 조카 수명이 길어진
다고 철석같이 믿었다.
그래서인지 조카는 중병을 앓았는데
도 지금은 건강하게 직장생활을 잘하고 있다.
바위는 우리 조상들에게 신성한 대상이었다.

어머니와 새언니의 절실한 기도로 우리 동네 바위는 더 영험해졌고 이
곳 남산 바위에서 알지 못할 기운을 느낀다.
탑곡바위에 새겨진 마애불상군은 눈을 뗄 수가 없었다.
오랜 세월의 풍상 속에서 마모되어 더 신비로워진, 도저히 풀 수 없게
된 바위.

34점의 조각들을 다 찾아내고야 말겠다는 의지가 불끈 생긴다.

목탑 끝에 매달린 맑은 풍탁 소리에 푸르고 깊은 바람이 지나간다.

부처님의 고졸한 미소에 한껏 마음 부풀고 구석진 자리를 차지하고 염불 삼매 중인 스님의 목탁 치는 모습에서 '나무아미타불관세음보살' 고생만 하시던 어머니가 평생 입에 달고 외시던 그 목소리가 다시 들려오는 듯하다.

커오면서 내내 우리 가족들이 듣던 '착한 끝은 있어도 악한 끝은 없다'던 어머니의 말씀이 스님의 목탁 소리와 함께 젖어 들고 날뛰던 가슴은 곧 고요함에 깃든다.

모든 격렬했던 것들이 눈을 감는다.
너에게 가서 돌아오지 못하고 있는 마음도,
성가신 그리움도,
말없이 글썽이고 반짝이던 것도,

절골감실할매부처

우리들의 할매다.

더 이상 말할 것도 없이 할매의 미소다.

무릎이라도 베고 있으면 천 년 전의 옛날이야기를 들려줄 거 같다.

여름밤 평상에서 어머니 다리를 베고 누워 쏟아지던 별을 바라보다 별 똥별이 떨어지면 얼렁 소원을 빌어야 한다고 해서 나는 급히 소원을 빌었는데 무엇을 빌었는지 기억이 안 난다. 다만 그 포근하던 어머니 무릎이, 들려주시던 옛날이야기가 무시로 생각난다.

신라를 한꺼번에 보고 싶으면 바로 이곳이면 된다. 여긴 신라의 백과사전이다. 사면불 바위 면에 불상, 비천, 보살, 승려, 탑…. 모든 모습이 새겨져 있다.

진평왕릉

구름 내려와 나무를 포옹하고
꽃바람 이 풀잎을 쓰다듬고
아~~ 4월
이런 운치가
다 무슨 소용인가
그대가 내게 입맞추지 않으면

내가 왜 그 나무 아래에 갔는지
그 나무 아래서 왜 깊은 한숨을 쉬었는지
그 나무 아래서 이제 한참을 쉬고 있는지

"진평왕의 키가 엄청 컸고 신라 천 년 역사의 가장 오래 54년이나 재위했대."

"그리고 말이야, 아들이 없어 딸에게 왕위를 물려줬는데 그게 바로 선덕여왕이야."

"유명한 서동요의 주인공 선화공주의 아버지이기도 하지."

"36곳의 왕릉 중 우리 진평왕릉에만 없는 게 너무 많아. 신라를 꽃피운 왕인데 무인상, 문인상 호석과 돌난간, 능을 감싸는 도래솔은커녕 12지신도, 용맹한 사자도 없잖아."

이런저런 사람들의 이야기를 들으며 왕버드나무와 느티나무는 자기들이 무인상을 대신해서 진평왕을 잘 지키고 있다는 듯 참으로 늠름하다. 또한 한 그루의 소나무가 열 나무 못지않은 위엄으로 진평왕릉을 호위하고 있다.

지난봄도 짧았고 지금 여름도 짧을 것이다.

1,500번이나 봄을 보내고 여름을 맞은 이곳에는 한낮의 고요에 신들의 소리가 들릴 지경이다.

여름에 왕버드나무 그늘 아래 벤치를 독차지하여 여름 호사를 누려 볼 일이다.

생각은 제멋대로 흐르게 놔두자.

그렇게 꽤 시간을 보내보자.

고요가 짙어질 때쯤 신들의 소리가 들려올지도 모르고, 문득 갑자기 내가 썩 괜찮은 사람이 될 수도 있다.

한국 답사의 전설 유홍준 교수도 단박에 알아채지 못했던 찐 신라의 정취를 느낄 수 있는 곳. 진평왕릉 주변으로 명활산 둘레길과 황복사지 삼층석탑이 가까이 있고 명활산 둘레길은 진평왕릉에서 명활성까지의 1.8km 구간이다. 한적한 시골길 정취와 시골 바람 냄새가 향기로워 좋은 사람과 손잡고 걷기 딱 알맞은 거리다.

ᵔᵔ 선덕여왕릉

바람 소리가 들립니다
당신이 내 가슴을 지나가듯이...

소나무 숲은 그리움 하나 가슴에 안고
있는 게다
그렇지 않고서야 능을 향해 구부린 등에
여름 땡볕 아프게 지고 있겠는가

소나무 숲엔 서러운 비밀이 있는 게다
그렇지 않고서야 바람 부는 날
저렇게 안 우는 것처럼 울겠는가

"아, 역시 여기서 신들이 노니는 이유를 알겠다."
입구에 들어서면서부터 나지막한 오름길은 부담 없는 정겨움이 뚝뚝
떨어져 옆 사람의 손을 잡고 싶어진다.

우리나라 최초의 여왕이며 16년 재임 동안 황룡사 구층목탑, 첨성대, 분황사를 건립하였으
며 김유신과 김춘추와 더불어 백제의 공격을 막아내고 삼국통일의 기틀을 마련했다. 선덕여
왕의 지혜로운 세 가지 유언도 유명하다.
삼국사기에는 구름이 낭산에서 일어났는데 바라보니 누각과 같았고 향기가 가득 퍼져 오랫
동안 없어지지 않았다. 실성왕이 말하길, "이는 틀림없이 신선이 하늘에서 내려와 노는 것
이니 응당 이곳은 복 받은 땅이다." 하여 이후 사람들은 이 낭산에서 나무 베는 일을 금지하
였다고 한다.

🏳🏳 장항사지

"4월은 비가 내리는 것이 아니다
제비꽃이 내리는 것이다."

지난봄의 자국 위에 어김없이 봄은 또 와서 앉는다.
제비꽃이 비처럼 내리는 날

네가 봄꽃 되어 온다면 나는
너를 위한 착한 바람이 되리라

네가 봄비 되어 내린다면
나는 풀이 되고 나무가 되리라

맑은 저녁 뻐꾸기 울음소리에 너의 아픔을 알아채고 그제서야 내 아픔
도 펼쳐놓는다. 이름도 기록도 없는 산 너머 은둔의 쌍탑은 이제 내가 모
조리 사랑하기로 찜했다.

돌덩이에서 익살과 절제가 느껴지는 의젓하고 당당한 조각 작품들이 가슴 설레게 하고, 층층 탑은 다음 생을 위해 뿌리를 더 굳건히 내렸다. 주인 잃은 대좌는 쓸쓸함도 외로움도 이겨낸 뒤 제 혼자서도 빛난다.

탑 뒤쪽 금당 터에는 우리 집 정원에 두고 매일매일 보고 싶은 얼굴이 있다. 힘 세다고 뽐내고 잘난 척하고 싶어 하는 대여섯 살 남자아이 같은 느낌의 너무 귀여운 사자상.

툭 건드리면 튀어나와 내게 장난이라도 걸 것 같다.

한나절 그 애와 공놀이라도 하고 싶다.

계곡 너머 언덕배기에 처연히 서 있는 이 탑은 눈 밝은 사람들에게 사랑받는 숨겨진 보물이다. 10m의 작지 않은 키에도 석탑 옥개석과 몸돌 부재가 층수를 올릴수록 정연하게 비례되는 절묘함에 놀라고, 1층 몸돌에 새겨진 인왕상의 정겨운 자태는 익살스럽고 사랑스럽다. 탑 뒤쪽 금당 터 불상 대좌에 팔을 쭉 뻗은 사자 부조는 답사객들 사이에 '아톰 사자, 술꾼 사자'라는 별명으로 불린다. 사실적이고 해학적인 표정이 마냥 신기하고 정겹기만 하다. 1,300년의 세월을 지켜온 사자에게 감사의 인사라도 하고픈 마음이다. 불대좌의 사자는 부처님 최측근에서 모시는 동물로 모든 동물의 으뜸이 되고 지혜를 상징한다. 하지만 우리 조상들은 무섭고 두려운 것으로 표현하기보다 익살스럽고 친근한 모습으로 표현함으로써 여유와 미소를 머금게 해준다.

장항리 탑에 대한 문헌 기록은 일분 후지시마가 낸 <조선건축사론>에 처음 나온다. 그는 20년대 도굴범이 폭약을 터뜨려 서탑과 동탑이 무너진 상태였다가 서탑은 복원되었으나 동탑 몸돌과 지붕돌 부재들은 계곡과 인근 언덕에 흩어져 있다고 기록하고 있다. 동탑과 서탑 양식은 거의 흡사하니 더 이상 상술하지 않겠다는 요약 글과 서탑 복원 설계도, 박살 난 서탑과 동탑의 처참한 몰골을 담은 사진을 남겼다. 계곡을 뒤져 찾은 부재로 몸돌과 지붕돌을 끼워 맞추었으나 기단석 등 부재 일부는 찾지 못해 앉은뱅이처럼 기형적인 모양새를 갖게 되었다. 절터로는 너무 좁은 점으로 미뤄 후대에 터 일부가 산사태로 쓸려 내려간 것으로 추정할 뿐이다. 물론 재앙 당한 탑을 복원하려는 후대인들의 노력 또한 치열했다. 서탑 복원 때 주변에 있던 깨어진 불상을 경주박물관으로 옮겼는데, 74년 온전한 불상 복원을 위해 국립경주박물관과 문화계 인사들이 계곡과 주변을 샅샅이 훑는 수색 작전을 벌인 끝에 불상의 상반신이나마 복원하게 되었다.

^{탑탑} 나원리 오층석탑^(백탑)

"슬픔은 그대를 맑아지게 하고
모든 추억은 쉴 곳을 찾는다."

"경주에서 달이 젤 예쁜 곳이 어딘지 아나?"
"지난 추석 때 첨성대 걸린 달이 억시로 이뿌더라."
"난 서출지에서 본 보름달."
"메타세콰이어 5형제 나무에 걸린 달이 최고 아이가."
"아이다, 달은 머라 캐사도 이름대로 월지하고 반월성이지."

사실은 경주는 어디에서 봐도 달이 참 예쁜 동네다.

"사랑을 고백하거나 사랑이 아프거나 할 때는 경주 백탑에 가봐래이, 백탑에 뜬 달이 너를 울게 할지도 몰라."

우린 쓸데없는 대화를 하면서도 내내 달이 뜨기를 기다리며 하늘을 보고 있었다.

진짜 울고 싶은 사람은 달 보면서 울어도 괜찮다.

운다고 달라지는 거 없다? 있다.

울음은 깊을수록 사람 마음을 깨끗하게 해준다.

그 맑아진 마음에 뭔가가 다시 보름달처럼 차오르기 때문이다.

오층석탑(나원백탑): 삼귀팔괴 중 하나. 경주 나원리 오층석탑에 사용된 화강암은 유달리 깔끔한 순백색을 잘 보존하여 경주의 삼기팔괴로도 꼽혔다. 특히 보름달 빛에 탑을 보면 백색이 더 신비로워진다. 신기하게 이끼도 잘 끼지 않는다고 한다.

하얀 새벽 겨울 서리는
남은 별들을 만지작거린다.
열아홉 살의 나는
너의 손바닥에 간질거리는 글을 썼지.
너는 내 손바닥에 더 간질거리는 답장을 했다.
먼저 쓴 글을 지우고 다음 글을 쓰느라
너의 큰 손바닥으로 내 손바닥을 쓰윽 문지를 때마다
온몸의 세포가 깨어났었지.

하늘에서 밧줄이 내려와도 놀라지 않을
이 시리기만 한 겨울 새벽,
그때 그 손바닥 대화가
나를 일으켜 세운다.
비 맞고 일어나는
여름의 지친 풀처럼.

햇살이 마른풀 위에 내려앉은 서리를 녹여낼 때쯤
내 비밀을 지켜주는
동박새와 몽구에게
들려주고 싶다.

우리 둘이 어떻게 살아왔는지를,
우리 둘이 얼마나 사랑했는지를.

굴불사지 사면석불, 백률사

"푸르며 깊은 하늘에
당신이 흐릅니다."

굴불사지석불 - 원래 삼존불이었으나 일본인들이 오른쪽 보살과
가운데 본존상머리를 떼어갔다고 함

과거로 가는 구름 소리가 들렸다

돌덩이 바위에서
"미욱한 중생이 뭐를 알겠는기요,
어리석어가 아무것도 모르니더.
우리 자식들 우짜던지 살펴주시소."
어머니 기도 소리가 들리고, 한없이 빌고 있는 쪼글쪼글해진 어머니의
바쁜 두 손이 보인다.

서 있는 시간이 보였다

이차돈의 머리가 떨어졌다는 곳이라서인지
훼손되고 떼어져 나간 머리 없는 본존상 때문인지
"나 없으면 우째 살리?"라던
다시 못 올 먼 곳으로 떠나버린 사랑 탓인지
마음 한편이 늘 파이는 듯하다.
그럴 때면
아미타불의 늘어진 옷자락에 맘 놓고 얼굴을 묻고 싶다.
동쪽의 약사여래상에게 가서
약 한 모금만 달라고 사정하고 싶다.

세상의 모든 시간에 당신이 있습니다

모든 가치 있는 일은 오랜 시간을 필요로 한다.

내가 그대를 이리도 애달프게 그리워하는 것은 오랜 시간 그대가 내 곁에 있었기 때문이고, 내 그림이 소중한 까닭은 몇천 번 몇만 번의 붓질이 있었기 때문이다.

인간과 신이 만났다.

"신이시여, 당신에게 1억 년이란 무엇인가요?"

"그저 한순간일 뿐이야."

"그러면 당신에게 1억 달러는 무엇인가요?"

"그저 한 푼에 불과하지."

"오, 신이시여. 제게 한 푼만 주시면 안 될까요?"

"당연히 되지, 한순간만 기다리게나."

– 아인슈타인

삼국유사에 의하면 신라 경덕왕이 백률사에 행차했을 때 땅속에서 염불 소리가 들려왔다고 합니다. 그래서 땅을 파보니 큰 바위가 나왔는데, 바위 4면에 불상이 조각되어 있어서 그곳에 절을 세우고 굴불사라 하였다고 한다.
사방에 아미타 삼존불, 약사여래불, 미륵불, 석가모니불을 새겨 이를 사방불이라 하고 온 세상을 불심으로 채우고자 했다.

먼 남산(삼릉계)

약수골 석불은 1100년 만에 머리를 찾아 한 몸이 되었다는 데...삼릉계석조여래좌상

남산을 오른다는 건

남산을 오른다는 건 실로 어마어마한 일이다.
그것은 엄청난 예술과 맞닥뜨리게 되는 일이다.
처음이라면
어쩌면 스탕달 신드롬을 일으킬지도 모른다.

빈센트 반 고흐는 암스테르담 미술관에서 렘브란트의 그림 '유대인 신부'를 보고 "이 미술관에서 2주만 더 이 그림을 감상할 수 있다면 내 10년을 주어도 아깝지 않다."는 말을 남겼다. 남산의 조각품들도 그렇다.

경주를 알려면 남산을 알아야 한다는 얘길 들었을 것이다.

그건 과장이 절대 아니었다.

개울물 소리 따라 오르면 제일 먼저 왼쪽 어깨에 매듭지어진 가사 끈의 디테일까지 표현된 머리 없는 석불좌상을 만난다.

그곳에서 산등성이를 올려다보면 한 바위에 관세음보살상이 미소를 머금고 내려다보고 있다.

이 완벽한 자연스러움은 거꾸로 완벽함을 포기함으로써 얻어진 것이다.

방심한 듯 입을 살짝 벌린 것 같은 모습.

눈으로 보고 있는데 만지는 것 같은 착각이 든다.

모나리자의 미소는 여기다 견줄 바가 아니다.

"안녕하세요, 보살님. 관세음보살님...."

정성스레 온 마음을 모아 관세음보살을 불러보자. 그러면 모나리자보다 더 이쁜 미소로 그대를 구원해 줄 것이다.

우리의 미스 신라 관세음보살의 미소가 사라지지 않도록 누군가 좋은 처방전을 내려주길 기원하며 산을 더 힘내서 오른다.

감격스러운 작품은 금방 또 나타난다.

선각 석가, 삼존여래불.

1만 7,000여 년 전 라스코 동굴 벽화를 그린 이름 없는 예술가들과

1,500여 년 전 우리 신라의 이름 모를 석공들이 미술대학 실기시험을 쳤다면 분명 낙방했을 것이다. 아름다움은 이해하는 것이 아니라 정념과 마음이 표현된 것이다.

예술은 사물을 단순히 그리는 것이 아니라 사물이 갖고 있는 감성에 귀 기울이는 것이다.

여기 자연 암반 위에 선각으로 그려진 그림을 내 맘대로 회화의 관점으로 바라본다.

거침없는 드로잉과 자유로움이 사람의 마음을 즐겁게 한다. 거기에 신적 기운이 보태져 염력이 느껴진다. 큰 연꽃대좌에 앉은 본존불과 구슬목걸이, 팔찌, 드리운 옷 주름의 자연스러운 표현이 연필로 종이에 그린 듯 가볍다.

신라인 누군가가 작품을 위해 치른 노동을 누구도 의심하지 못하게 봄날의 가벼움과 즐거움이 있다.

나도 돌 하나 주워 주술을 새긴다.

이제 너도 잘되고 나도 잘될 것이다.

상선암의 마애여래좌상

그대가 하늘을 보면
나도 따라 하늘을 봤지요

상선암마애여래좌상

신라 석공

그들은 손에 망치와 정을 들고서 바위를 깨고 쪼았다.

그 앞에 놓인 화강석은 정을 만날 때마다 작은 불꽃을 내며 사방으로 튀었다.

그들은 빠짝 말랐으나 힘찼다.

그들의 눈빛은 강렬하고 빛났다.

미켈란젤로가 돌에서 천사를 보았듯이 신라 석공들은 단단한 화강암 속에 들어있는 부처님을 보았을 것이다.

그들은 돌에 갇힌 부처님을 모셔 오느라 밤낮없이 정을 쪼았다.

마애불을 보면 얼굴은 커다란 바위에 있으나 그 아래로는 선만 있고 형태는 흐려진다. 현대 미술의 시각으로 바라보면 표현의 변화를 시도한 창의적 발상과 작가의 손을 떠난 작품이 자연의 힘에 의해 마무리되고 있는 것 같다. 천 년 후에도 비와 바람과 햇살이 이 작품을 완성해 갈 것이다.

바위 속에 부처님이 있다고 믿었던 신라인들의 바위 신앙이 표현되어 있다고 하겠다. 바위에 부처를 조각한 것이 아니라 바위 속에 원래 계셨던 부처를 바위 밖으로 나타내기만 한 것이다.
산 정상 부근에 큰 불상의 세운 것은 남산을 부처님이 살고 있는 수미산으로 생각했던 신라인들이 염원이 담긴 것은 아닐까 한다.

칠불암, 신선암

"예술이 밥 먹여주냐?"
"밥보다 예술"
그건 삶의 기술이었다
내면이 바위처럼 단단해지는 일

신의 다른 말이 시간이다.

둘 다 전지전능하다.

그 시간을 칠불암 바위에서 본다.

이미 스러진 문명 속에서 제 역할을 다 마치고도 지금까지 석공의 첫 마음이 그대로 보존되어 있는 칠불. 사람의 손으로 빚어낼 수 없을 형상의 거대한 돌 속에는 과거가 말없이 잠들어 있다.

기적은 한순간에 일어나는 것이 아니다. 그것은 인간이 도저히 헤아릴 수 없을 만큼 긴 세월일 것이다.

오래 공들였을 신라 석공들의 피땀과 신과 자연, 그리고 시간이 만들어 낸 걸작을 어느 해 겨울에 처음 만나고는 예술의 극치를 봤다.

그리고 내 손을 오래 은근히 바라봤다. 예술가라는 이름으로 현시대를 살고 있는 내 모습이 한없이 작아지는 순간이었다. 협시보살의 늘어진 옷자락 뒤로 숨고 싶었다.

칠불암 부처님을 만나러 가는 길은 약간의 고행이 필요하다.

아침 해가 가장 먼저 비추는 신선암 마애보살반가상

불계로 들어가는 길이기 때문이다. 그래서 겨울에 찾으면 제맛이다.

가는 날이 장날이라더니 동짓날이었다.

예쁘고 정갈한 외국 스님이 기어이 암자로 들어오라고 하셔서 들어가니 팥죽을 주셨다. 하도 맛있게 먹는 모습을 보셨는지 더 필요하면 포장해 주겠다고 하셨지만 사양했다.

칠불암 스님들은 사방불에서 걸어 나오신 분들 같다는 생각을 갈 때마다 하게 된다.

칠불암은 사람만이 운송수단이다.

올라갈 때 지게 한 짐 지고 갔다가 내려올 땐 쓰레기 한 봉지를 들고 내려오면 더 행복해진다.

당신은 어찌 이리 고와서
뭇사람들을 홀리는지요?
당신은 어찌 이리 너그러워서
세상 근심 다 품으시는지요?
가을 최고 좋은 날 잡아
이 세상 모든 새를 불러 모아
뜨는 해를 당신과 바라보고 싶습니다.

이 가을 시월에

몇 개의 그림을 뒤엎고
몇 개의 그림을 다시 그리고
뭘 그려도 내가 되고 네가 되었다.

칠불암 신선암 마애불상 부처님을 뵙고 돌아오는 길에
사무치는 그리움 한 줌씩 흘려놓고 돌아왔다.

바위 면에 부조된 삼존불상과 그 앞의 돌기둥에 부조된 4구의 불상 등 7구의 불상이 있어 칠
불암으로 불려 오고 있다. 유구의 상태로 보아 원래는 석경을 벽면으로 세운 석굴 사원이었
을 가능성이 있다고 한다.
수년 전에 왔을 때는 석불의 코끝이 조금씩 떼어져 있었다. 석불의 코를 떼어먹으면 아들을
낳는다는 속설 때문에 석불의 코가 안쓰럽게 생겨버렸다.

경주 읍천항 주상절리

"어떤 감정은 날씨 문제요
어떤 날씨는 감정의 문제다
고장 난 브레이크처럼
사랑도 그렇게 어느날 담벼락을 들이받고서야
멈추어지는 것을."

장맛비 젖은 바위에
바람 따라 휘돌아간
소나무
비 그치고 바람 멎는 날에 대해
파도 같은 기도를 한다

괭이갈매기 떼 흰 눈처럼 덮인 조각 바위
한데 모여 의논 분분한데
웃다가 울던 파도는
세상의 반대쪽으로 돌아눕는다.

- 2023 유월 읍천항에서

군데군데 다양한 모양의 주상절리와 바위에 뿌리내린, 과하게 몸을 비튼 소나무와 괭이갈매기 떼를 감상하며 빨간 등대 하얀 등대가 있는 그리 사납지 않은 파도 소리 들으며 산책하기 딱 좋은 곳이다.

나무 그늘이 져 있어 여름에도 걷기 좋다.

바다 뷰가 더 이상 더 좋을 수가 없는 바다 산책길 주변 카페들은 그 자체가 여행이 되는 곳이다.

읍천항에서 시작해 하서항까지 이어지는 주상절리 파도 소리 길은 기울어진 주상절리, 누워 있는 주상절리, 위로 솟은 주상절리, 부채꼴 주상절리가 있으며 출렁다리도 있다.

ᴿᴿ 신라 금관

"세상은 얼마나 아름다운가
그대가 내 곁에 있는 한."

조금도 아프지 마

내가 너를 왜 좋아하는지는 묻지도 마
아무 방해 받지 않고 볼 수 있는 시간이 필요할 뿐.

조금도 아프지 마
수백 년 후 내가 썩고 흔적마저 사라진 뒤에도 누군가는
내가 너를 바라보고 있는 것처럼
너를 바라볼 것이므로.

우리의 시각은 후각과 그리 다르지 않다.
화장품 가게에서 새로운 향수를 고를 때 이것저것 몇 가지 샘플의 향을 맡아보면 여러 향의 차이를 거의 구별할 수 없게 된다.
이처럼 걸작이라도 너무 많이 한꺼번에 만나면 눈으로 보고 마음까지 닿지 못한다.
급한 만남 대신 예술작품과의 진실된 만남이 필요하다.
텅 빈 방에 작품 하나.
다른 방문객이나 오디오 가이드 등에서 벗어나 진정으로 작품과 대화

할 수 있는 시간을 가져볼 수 있다면....

이런 기회를 선사받기를.

우아한 곡선의 신비로운 자태
비길 데 없는 화려함
생명의 곡옥
하늘로 뻗은 나뭇가지에 새
신라인들의 마음은 하늘에 닿고
1,500년 동안 땅속에 있던 금관이 세상에 나와 박물관에 정착한 뒤
우리의 궁금증은 느리고 깊이 침잠한다.

신라 사람이 살던 곳에 경주 사람이 살고 있다.
우리가 물려받은 것보다 훨씬 더 적은 것을 다음 세대에 물려줄 수는
없다.
신라 금관.
그것에 대한 나의 그리움이 다시 거세어졌다.
지금 당장 경주박물관에 다시 가야겠다.
오늘은 딱 하나,
금관만 만나야 할 것이다. 다른 관람객이 없는 시간에.

천마총 금관은 천마총에서 발굴된 금관이다. 당시 천마도와 함께 발굴되어 발굴된 고분이
천마총이라는 이름을 얻게 되었다. 소지 마립간 혹은 지증왕의 왕관으로 추정하고 있다.
전 세계에서 출토된 금관은 모두 10여 점인데 그중에서 한국에서 출토된 것이 8점이다.
조선 초 숭유억불 정책이 시행된 때는 많은 불교 범종을 녹여서 무기 같은 것을 만들었는데 봉
덕사의 성덕대왕신종도 녹여 없애버리자는 여론이 있었으나 세종이 따로 지시해서 막았다.

ᄈ 천마도

"네 속에 커다란 빈 방이 있다는

얘길 들었어."

오래 봤다

가까이서

유리 벽 없이 봤다

그는 내게 별 같은 얘기를 들려주었다.

켜켜이 쌓인 시간의 무게와 긴 세월을 버텨준 묵은 색감.

벗겨지고 찢어진 가운데 간간이 너무도 선명히 보이는 동적인 문양들.

유려한 곡선의 신적 필치.

초자연적인 느낌들이 충동하는 감동의 물결이 온몸을 휘감는가 싶더니 가슴이 쿵쾅거렸다.

문을 나서는데 다리가 후들거렸다.

스탕달 증후군인가? 중얼거리며 계단을 천천히 내려왔다.

나는 예전부터 이집트 미술에 꽤 관심이 많았다.

파피루스 종이를 어렵게 구해 이집트 고대 벽화를 흉내 내보기를 좋아했다.

모든 이집트 예술은 인간과 자연을 규칙적으로 상세하게 묘사하고 있다.

예리한 관찰과 실제 생활과 자연에 대한 정확한 표현, 그리고 인물은

화가의 시선으로부터가 아니라, 특히 상대적 중요성에 의해 크기가 결정
되고 삼차원 표현의 형태를 즐겼다.
　파라오는 어디에 있든 그림에서 제일 큰 인물로 그려진다.
　반면 우리 신라 회화에서는 사물의 실제보다는 영적이고 기원적이다.
하늘을 나는 천마라니... 얼마나 위대한 상상력인가!

　아무한테서나 다 잊히고 싶은 날
　비가 억수같이 쏟아지는 날

　숱하게 지나다니지만 지나치던 길
　왜 거기 갔는지 이유는 없었다

　'천마 다시 날다' 현수막 따라 들어가
　1,500년 전의 천마와 만났다.

　독방에 홀로 있어 오롯이 마음 담기니
　그때 급히 전율이 일어났다.

자작나무 껍질에 그린 천마도는 신라 회화로는 거의 유일하게 남아있는 것이다.

ᴾᴾ 석조미륵삼존불(삼화 애기부처)

"네가 내게 오면
내게는 시가 온다."

시도 때도 없이 헤죽헤죽 헤픈 웃음 나오면
너도 나를 무지 생각하고 있다는 것이다.

홀로일 때 뜬금없이 외롭다고 느껴지면
내가 너를 무지 사랑하고 있다는 것이다.

(내가 진정으로 아무도 사랑하지 않을 때 외롭고
내가 그를 사랑할 때도 외롭다.
사랑의 모순은 모든 것에 존재한다.)

땟자국 묻은 너의 발등에
처음으로 떨리는 내 손을 포개어 얹던 날
그 마음을 기억합니다
고요하기 그지없이 단아한 모습은
내면의 소리가 더 깊은 울림입니다
한 사람을 오롯이 사랑한다는 것은
세상 전체를 소유하는 것보다
어려운 일입니다
만나는 것보다

보고 오면 오래도록 그리운 것이

어려운 일입니다.

신라 불상 조각들의 예술품에 대한 높이와 깊이를 나는 한량없이 사랑
한다.

그것은 우리의 산천과 우리의 어머니를 닮아 있기 때문이기도 하다.

특히 이 작품 중 가운데 앉아있는 본존의 자세가 특이한데, 이처럼 의자에 앉아있는 자세는
현존하는 삼국 시대 불상 가운데 이 작품이 거의 유일하다. 단단한 재질인 화강암을 조각했
음에도 불구하고 마치 살아 숨 쉬는 듯한 온기가 느껴지는 신라의 대표적인 석불이다.

정혜사지 십삼층석탑

"나뭇잎마다
너를 찾는다."

하늘 구름 두어 점 땅으로 가고
저녁 하늘엔 붉은 노을 번지네
천 가지 생각 만 가지 추억
천지 곳곳에 알알이 박혔구나

괜찮다 괜찮다 해도
부지불식간에 찾아드는 외로움을 다 이겨내기는 힘들다
비가 억수같이 쏟아지는 날은 외로움을
피할 수가 없다
그때는 소낙비 같은 외로움을 맞으라

이젠 잊었다 해도
부지불식간에 떠오르는 생각을 다 지우기는 힘들다
그냥 지나쳐도 된다
하지만 잠시 멈추어 그 안에 들어갈 수도 있다
그리고 아무렇지도 않게 솔바람을 맞으라

폰을 뒤적이다 우연히 만나는 영상에서
어제처럼 노래하는 당신을 지우긴 힘들다
차마 지울 수가 없다
아까워 두고 보기엔 눈물이다
그때는 그냥 겨울비 같은 슬픔을 맞으라

흙으로 쌓은 기단 한 단위에 무려 13층 구조로 쌓은 석탑으로 높이는 약 6m, 한국의 어떤 다른 석탑들과 비슷한 데가 전혀 없는 독특한 탑이다. 흥미롭게도 탑의 층수는 아주 많지만, 탑의 전체 높이는 다른 석탑들과 비슷하다.

ᴾᴾ 양동마을

경주에서 조선의 향기가 나는 곳

두 개의 시간이 흐르는 곳

조선 시대 그림에서 막 나온 것 같은 마을이 있다.

우리가 조선 시대 그림 속으로 들어가 있는 것 같기도 하다.

일제 시대와 산업화 시대를 거치면서도 500년 넘게 오롯이 그 모습을
지키고 있는 곳, 강산이 변해도 600번은 변했을 세월에도 모습만 아니
라 삶을 이어오고 있는 곳.

그들에겐 과연 무엇이 이를 가능케 했을까?

누군가가 아니면 무엇인가가 꾸준히 성장하여 세계적인 명성을 떨치는 모습을 지켜보는 것은 아주 짜릿한 서사다.

내 자식이 나를 뛰어넘었다고 생각되는 날도 그랬다.

'자랑 끝에 쉬 슨다'라시던 친정어머니 말씀이 생각나 삼가고 있지만, 그 아이의 성장을 보는 건 세상 행복한 일이다.

매체를 통해서 지인들의 입을 통해서나 누군가의 꾸준히 성장해 가는 사람들의 얘기를 듣는 것은 재밌는 드라마보다 영화보다 즐겁다.

모든 것이 금세 흩어지고 사그라드는 것을 보면서 세상에 변하지 않는 것 하나쯤 붙잡으려 한다.

어느 역사학자는 '아들은 잊고자 하는 일을 손자는 기억하고자 한다'라고 주장했다.

아궁이에 불을 지피는 옛날 부엌을 구경시켜 드리면 좋아하실 거 같아 친정엄마랑 양동마을에 왔다.

"이런 거 뭐 하러 보노" 하시며 버럭 화를 내셔서 당황했던 적이 있다.

보릿고개를 넘기신 어머니 세대에선 추억이 아니라 정말 생각조차 하기 싫을 만큼 끔찍한 삶이었던 것이다. 그날 여행은 어머니의 예상치 못한 반응에 옛날 모습이 아닌 아주 현대적인 호텔에서 마무리했던 기억이 있다.

어머니는 잊고자 했지만 나는 기억하려고 애쓴다.

요즘 레트로 감성이 곳곳에서 인기를 끌고 있다.

레코드판, 오래된 타자기나 복고풍의 영화나 트로트 열풍....

사람들은 무엇인가를 거의 다 잃어버릴 순간이 왔을 때 그것들을 그리

위하기 시작한다. 얼마 남지 않는 것들을 소중하게 생각하게 된다.

나 또한 내 작업실엔 어머니가 사용하시던 금성 선풍기가 있고 심지어 냉장고에는 10년 전에 돌아가신 어머니가 해주신 식혜랑 콩잎장아찌가 보존되고 있다.

그건 그리움이다.

어머니가 그토록 질려하셨던 것들을 나는 사랑한다.

아버님이 보시던 오래된 낡은 책 냄새를 맡고 어머니의 털털거리는 선풍기로 여름을 지냈다.

그것들에 내 욕심은 동한다.

그래서 나는 이 마을이 무지 탐난다.

전통을 지키기 위해 사적 욕심을 버린 사람들. 600년간 문화가 단절되지 않고 이어진다는 것은 그 긴 세월 동안 얼마나 많은 것들을 견뎌냈을지 짐작이 간다.
마을이 사라지느냐 마냐 하는 위기가 있었다고 한다. 일제강점기 때 동해 남부선 철도 선은 양동마을 안으로 설계되어 있었고 마을이 두 동강 나는 것을 막기 위해 죽음도 불사하겠다고 마을 노인들이 앞장섰다.
해방 후 반세기 동안 우리는 많은 것을 잃었다. 그 와중에 지켜낸 양동마을 그곳에 사는 사람들. 그 자체가 살아 있는 역사다. 얼마나 대단한 일인가!

❡❡ 황리단길

이래 마이 변했나?

여가 거가?

첫 번째 나무 대문 집
골목길 첫 번째 방의 봉창을 세 번 두드리라 했다

소녀는 남학생의 그 방 봉창 앞에 서서
오바 호주머니에서 손도 빼지 못하고 쳐다만 보고 돌아왔다

두 번째 날도 봉창 아래 담벼락에 서 있었다
남학생은 알아채고 봉창 문을 열었지만 소녀는 도망쳤다

쓸쓸함을 자초하여 그 카페에서 쓴 커피 한 잔을 뜨겁게 마신다
이제야 세월이 남기고 간 신열이 가라앉는다.

(황리단길이 생기고 사랑했던 그 사람들이 살던 그 한옥은 카페로 바뀌어 있었다.)

그리움과 이별하려는 내게
겨울 햇살은 눈치 없이
자꾸 그리움을 줍는다.

옛것들 속에 새것
놀거리, 볼거리 지천이고 옛 추억도 그득하다
예쁜 카페나 맛집들도 새고 샜다.
그래서 천천히 걸어야 한다.
하루 종일 있어도 재밌는 곳, 옛 추억 속에 새로운 내 추억도 쟁여두고
싶은 곳.
누구든 경주 올 때마다 참새 방앗간 찾듯 찾아드는 곳.
맛집 옆에 맛집, 예쁜 카페 옆에 예쁜 카페.
재밌는 거 옆에 또또 재밌는 거.

전국에 있는 무슨 길 무슨 길 중에 단연 1위로 등극한 황리단길이다. 황리단길은 그냥 원도
심이 한적한 주택가였다. 불과 2016년까지만 해도 주점과 점치는 집 등이 즐비한 쇠락 지역
이었고 그 흔적이 몇 군데 남아있다. 당시 문화재 보존 지역이라 개축에 어려움이 있었으나
그것이 오히려 자산이 되었다.

ㄹㄹ 금장대

"생각하는데 왜 이리 행복하지?"

몇 해 전 경주로 이사 온 첫 주말, 금장대를 우연히 발견.

그날은 내가 아름다워 보였던 날이었다.

나는 내가 고혹적이었다. 이건 처음 있는 일이었다.

우산 없이 습지를 데크 따라 걷고 있는데 보슬비에서 꽃 소리가 들렸다.

내가 걷는 게 아니라 물안개 속을 떠다닌다는 느낌을 받았다.

자연의 기운을 받는다는 것을 처음으로 온몸으로 느꼈던 곳.

코끝을 자극하며 올라오던 적당히 비린 물 냄새와 막 돋아나던 연둣빛 버들잎에서는 하늘 소리가 들렸다.

"생각하는데 왜 이리 행복하지?
 암각화 찾기를 하다 마주친 눈빛
 암각화를 따라 그리던 너의 굵은 손가락."

경주에는 삼기팔괴가 전해져 오는데, 팔괴 중 하나가 금장대. 금장낙안(金丈落雁)이라고 하여 금장대에서 바라본 아름다운 풍경 때문에 기러기도 쉬어간다는 이야기로 알려졌다. 밤에는 동궁과 월지처럼 조명이 예쁘다.

윤을곡 마애불좌상, 포석정 마애여래좌상

"당신에게 폭 빠졌습니다
어처구니없는 일이지요."

어떤 대상을 쳐다볼 때 그 대상도 자신을 쳐다본다고 느낀다.
본다는 것은 사진보다는 언어다.
우리는 무엇을 보는 게 아니라 그 무엇과 대화를 나누는 것이다.
아주 오랜 시간 들여다봐야 한다.
오늘의 확신이 내일의 헛소리가 되기도 하기 때문이다.
단 한 줄의 글도 남기지 않은 철학자 소크라테스는 지치지 않는 그의
언어에 상대방은 들고 있는 뭐라도 집어던졌을 것이다.
소크라테스를 이곳에 모셔 오고 싶다.
그리고 그들이 서로 응시하는 모습을 숨어 지켜보고 싶다. 오래도록.
마애불이 들고 계시는 약병이 소크라테스에게 날아가는 것을 볼 수도.

산신이 드로잉을 섬세하게 한 후
햇살이 스푸마토 기법으로 완성하였는강.
나는 그림쟁이다.
그래서 더 금방 알아챈다.
이것은 미완성이다.
바람과 햇살이 아직도 표현을 멈추지 않고 있다.

산이 얼마나 깊었으면 낮에도 부엉이가 울었다고 부엉골이라고 할까. 황금불은 석양이 질
때 금빛으로 변한다고 황금불이라고 한다.

ᄄᄄ 오릉

"기다리는 일 많으면
사람 버리기 십상이다."

비워내고도
깊이를 모르는 그리움.
얼마나 많이
참아내고 있는지.
다른 것들의 존재와
의미를 거두어 가버리는지.

오늘 나는

그대를 사랑하는 시간보다

원망하는 시간이 더 많았다.

기다리는 일 많으면

사람 버리기 십상이라며

능에서 쉬던 바람

마른풀 털고 일어선다.

신라의 시조인 박혁거세, 왕비인 알영, 제2대 남해왕, 3대 유리왕, 5대 파사왕의 능이다.
오릉의 첫 번째 주인공인 박혁거세는 61년 동안 신라를 다스렸던 인물이다.

신라인들은 예로부터 우물을 신성한 공간이라 생각했다. 알영정은 알영 왕비가 태어난 우물
이고 박혁거세 역시 나정이라는 우물에서 태어났다. 알영정과 나정은 지척으로 붙어 있으며
이 우물 주변은 신성한 공간으로 여겨져 보호되어 왔다.

ꝐꝐ 헌강왕릉, 정강왕릉

"꽃 폈다고 놀러 오라는 사람 있거덩
꽃 지기 전에 가기."

사랑

옅은 녹색
꽃대 위에 터진
꽃의 삶을

내가 찜하면
안 되겠지

꼭
네가 처음 온 날
첨벙 들어오던
사랑처럼
숨이 다 멈춰지는 것...

사랑은
가지는 게 아니라
그냥
느끼는 것

연하고 부드러운
꽃의 시작처럼
조용한
어느날 같은....

강물이 흘러 바다로 가는 것처럼
어떤 것은 이미 운명으로 정해진 것이 있다.

진달래만 보면 친척 아주머니들과 어머니가 뒷산으로 화전놀이를 가
던 것과 툇마루에 앉아 보던 담장 밖 아버지 지게 위에서 나폴거리던 참

꽃이 생각난다.

시골에서는 진달래라고 불려지지 않았으며 참꽃이라고 했다.

유년의 기억이란 고향 같은 거라서 지금도 봄이면 참꽃이 피어있는 곳을 찾아다닌다.

어릴 때 우리는 철쭉은 가짜 꽃이라고 불렀다.

먹을 수 있는 꽃이 참꽃, 먹으면 죽는 꽃은 철쭉.

참꽃은 은은하고 철쭉은 그 빛이 강렬하다.

봄에는 참꽃이 분홍 숲을 이룬다. 꼭 가봐야 할 숨은 아름다운 명소다.

헌강왕은 왕위에 있는 동안 태평성대를 이루었는데 거리마다 노랫소리가 끊이지 않았고 일본 왕이 황금을 바칠 정도였다고 한다.

정강왕은 헌강왕의 동생으로 왕위에 있던 기간이 만 1년밖에 되지 않았다.

무장사지

"이제 너 없이도
너와 살 수 있어."

생뚱맞게도 나는 루소의 풀 한 포기 보이지 않는 황량한 모래벌판에서 잠자는 집시 여인을 데려온다.

이곳과 잘 어울리는 몽환적이고 신비롭고 원초적인 그녀와 순한 사자를 신라 무장사지로 여행을 오게 한다.

칠월의 솔바람은 그녀의 치맛자락을 날게 하고 그녀가 무장사 삼층석탑에 기대에 잠이 들면 나뭇잎 사이로 비치는 햇살이 부드럽게 그녀를 감싸고 부처님이 그녀의 꿈과 꿈속을 지켜준다.

루소의 그림 속엔
외로운 시간이
덜 마른 느낌으로 흐르고 있다

사나운 폭풍 앞에서
세상의 모든 문이 일제히 거칠게 닫히고
가슴 죽이는 연습에 들어간다

집시 여인은 지쳐 쓰러진다
현실의 덧없음을 피해
일상적 감각이 완전히 침묵해 버리고 나면
창백한 달빛은 외롭다

한여름에 루소의 정글을 만난다
그의 꿈을 좇다 잠을 깬다
외로움은 온몸을 덮치고 난 제대로
더위를 먹는다.

무장사지 초입에는 내 그리운 이들이 있다.
지날 때마다 그들의 숨결이 느껴지고
그들의 낮은 속삭임을 듣는다.

내 기도

한겨울 언 손 모아
너는 먼 곳에서
내 기도를 대신해 주고 있다는 것을
나는 알아채고 있지.

어젯밤처럼 꿈속에 와서
먼 곳에 있지만 내게 온기를 주고
살 수 있는 용기를 주고
있다는 것을 알아챘지.

소리쳐 부를 수도 없는 아득한 그 거리에
숨차게 달려도 닿을 수 없는 그 거리에
너는 그 먼 곳에서
내 모든 기도를 해주고 있다는 것을 알지.

너의 무덤에 내린 겨울 햇살
한 뼘도 놓치지 말고 품었다가
어둔 밤이 오면 내리는 별 비와 도란거리기를.
그리하여 부디 외롭지 말고 춥지 말기를.

문무왕이 삼국을 통일한 후 병기와 투구를 매장한 곳이라는 뜻으로 '무장사'라는 이름이 붙
여졌다. 즉 병기가 필요 없는 평화스러운 시대를 열겠다는 문무왕의 결연한 의지가 이 절을
창건하는 데 큰 힘이 되었고, 또한 절 안에 삼층석탑을 세우는 계기가 된 것이다.

ㄸ 보문정

"괜찮아,

곧 봄이 올 거야 조금만 더 기다리면."

피고 또 지며 먼 길 달려왔으니

푸른 하늘 그대로 보석이고 눈물이다

배고픈 오후

울기 위해 쌓아놓은 핑곗거리
감당하기 벅찬 날들 옆으로
능청스레 풍경이 지나간다
하늘이 조용히 안심한다.

"여기 연못 참 예쁘다."
"네가 있으니 연못이 더 완벽해지네."
"왜 이래? 어울리지 않게."
사랑하면서 사랑한다고 말하고 싶을 때
"밥 무러 가자."
미안해서 미안하다고 말하고 싶을 때도
"밥 무러 가자."
말의 투박함만큼 무겁고 진중했던 속마음

화요일이 천천히 어두워진다

이 연못에 떨어졌던 너와 나의 대화를 다시
꺼내 읽는다.

봄이면 수양벚나무가 꽃을 피워 사람들을 부르고 여름이면 연못에 수련이 피어 사람들 옷자락을 잡는다. 가을은 단풍으로 과한 치장을 하고 겨울의 운치는 말없이 깊다. 운이 좋으면 설경도 만날 수 있다.

나의 시월

"무엇이 맛있었을 때, 무엇이 즐거울 때,
생각해 보니 네가 있을 때였어."
DEAR YOU

"정원을 가꾼다는 것은 좋은 삶을 사는 일이다"

지난봄의 자국 위에 어김없이 봄이 다시 와 앉는다.
쑥을 캐서 쑥밥을 하고 진달래꽃 장식하여 달래장을 만들어
봄을 비벼 먹는다.

봄이면 체리를 수확해서 이웃과 나누기도 하고
남은 것은 청을 담습니다. 가을에는 산수유를 말려
차를 만들어 놓으면 겨울 내내 먹지요

가을, 내가 잠깐 한눈을 판 사이에 소란스러운 풀밭 사이사이에
서 금잔화도 피고 과꽃도 피고 해당화도 피어났다.

세상 예쁜 것들은 다 봄이다.

벽난로를 피운다는 것은 외로움을 견뎌내는 것이다.
"괜찮아, 곧 봄이 올 거야. 조금만 더 기다리면."

동굴 속에서 이제 막 나와 처음으로 맞이하는 햇살 같은 나의 시월 아침.

사람을 사랑하는 일보다
더 진실한 예술은 없다

나의 시월 나의 경주

1판 1쇄 발행 2024년 3월 29일

저자 손영

편집 문서아 **교정** 신선미 **마케팅·지원** 김혜지

펴낸곳 (주)하움출판사 **펴낸이** 문현광

이메일 haum1000@naver.com **홈페이지** haum.kr
블로그 blog.naver.com/haum1000 **인스타그램** @haum1007

ISBN 979-11-6440-566-4(03810)

좋은 책을 만들겠습니다.
하움출판사는 독자 여러분의 의견에 항상 귀 기울이고 있습니다.
파본은 구입처에서 교환해 드립니다.